TEMPO DE AMAR

LOVE'S MAGIC LIVRO 3

BETTY MCLAIN

Tradução por
MICHELE NOCE CAMILO

*Este livro é dedicado a todos que acreditam que o Amor
transcende o tempo.*

- Moça, moça... você está bem? - o policial se inclinou sobre a jovem.

Alguém havia relatado ter visto um corpo debaixo de um arbusto no parque. Ao chegar no local, o policial Michaels ouviu um gemido baixo vindo do corpo e então ele se inclinou e tocou no ombro da mulher. Ela gemeu novamente e se virou.

Angelica abriu os olhos, piscou para o policial e para o ambiente a sua volta. Ela não fazia ideia de onde estava ou de como havia chegado lá.

O policial olhou para a mulher e viu que ela tinha um galo grande e sangue na cabeça e no rosto. Ela tentou se levantar e caiu no chão gemendo novamente.

- Fique deitada. Você está com um corte feio na cabeça e parece que perdeu muito sangue. - ele disse enquanto observava o sangue no chão ao redor dela - Uma ambulância já está a caminho, apenas relaxe até que ela chegue.

Dava para ouvir a sirene da ambulância se aproximando, e Angelica fechou os olhos e se encolheu como se o barulho machucasse sua cabeça.

O policial acenou para os paramédicos assim que eles pararam.

- O que temos aqui? - perguntou um dos paramédicos.

- Parece que foi um assalto. - o policial respondeu.

Os paramédicos mediram a pressão, examinaram os olhos dela, e então a colocaram na maca para levá-la até o hospital.

- Ela vai ficar bem? - o policial Michaels perguntou ao paramédico.

- Parece que ela teve uma concussão e perdeu muito sangue. Acho que ela vai ficar bem. Você pode conseguir mais informações no hospital. Quer nos seguir até lá?

- Sim, claro! Vou informar o ocorrido, e estarei bem atrás de vocês.

Cada um deles seguiu até os seus veículos e se dirigiram ao hospital. Os paramédicos ligaram avisando que estavam a caminho e, quando eles chegaram, havia enfermeiros esperando na porta. Eles levaram a maca às pressas para a enfermaria onde transferiram a paciente para a cama. Os paramédicos estavam saindo quando o doutor Steel chegou.

- O que temos aqui? - o médico perguntou.

- Ela foi encontrada no parque. O policial disse que ela possivelmente foi uma vítima de assalto. Ela tem um ferimento na cabeça e uma possível concussão. - um dos paramédicos respondeu antes de sair.

O doutor Steel foi até a paciente e apontou sua lanterna clínica nos olhos de Angelica, e ela fez uma careta como se a luz machucasse seus olhos. Ele tirou a luz de seu rosto e começou a examinar o ferimento na cabeça.

- Limpe o ferimento e faça um curativo em líquido. - ele instruiu a enfermeira.

- Sim doutor. - a enfermeira respondeu antes de começar a limpar o ferimento.

- Não acho que precise de pontos. - ele pensou em voz alta -

Com certeza ela teve uma concussão. Ela terá que ficar em observação e ser acordada com frequência para ser examinada. Tem alguma identidade com ela?

- De acordo com a carteira de motorista no bolso dela, ela se chama Angelica Black. - a enfermeira respondeu.

O médico parou e ficou olhando para o nada por um momento, balançou a cabeça e voltou a olhar para a paciente. Ela tinha uma aparência ancestral nativa com seus cabelos pretos e um formato de rosto que indicava genes em particular que ele conhecia muito bem. Naquele momento, Angelica abriu os olhos e o encarou.

- Quem é você? Onde estou? - ela estava começando a ficar agitada.

- Está tudo bem. - o médico disse calmamente - Você está em um hospital porque teve um ferimento na cabeça e uma concussão. Parece que você sofreu um acidente no parque. Você pode me dizer o seu nome?

- Angelica Black.

- Você lembra como se machucou? - o médico sondou.

- Sim, eu estava no parque com um amigo. Ele queria que eu investisse em um negócio para ele, e quando eu disse que eu teria que dar uma olhada primeiro, ele ficou bravo e me empurrou. Eu caí e bati a minha cabeça no banco, mas não me lembro com clareza do que aconteceu depois. Lembro-me vagamente que ele parecia assustado ao fugir. Consegui me levantar, mas eu estava desorientada e tropecei quando cheguei perto dos arbustos e então caí novamente e desmaiei. Não me lembro de mais nada até ouvir o policial me chamando.

- Qual o nome do seu amigo?

- Laughing Elk.

O médico olhou para ela surpreso. Ele sabia quem era Laughing Elk. Ele não o conhecia muito bem, mas já o tinha visto várias vezes na reserva. Laughing Elk era uns vinte anos mais velho do que ele.

- Você tem certeza de que era o Laughing Elk?

Angelica olhou surpresa para ele.

- Sim! Eu o conheço a vida toda. Sem dúvida de que era ele.

O médico olhou a carteira de motorista de Angelica e viu um endereço.

- Você mora na rua Stone Hollow 2309? O endereço fica aqui dentro da reserva.

- Moro sim. Minha mãe, a Shining Star herdou o terreno dos pais dela e ela e meu pai decidiram construir a nossa casa nele. Era um lugar muito alegre até que eles foram mortos por um motorista bêbado quando estavam na cidade. Eles deixaram a casa para mim e uma herança do meu avô paterno.

O médico encarou Angelica e disse:

- Eu sei onde fica, e também sei que o lugar está abandonado há vinte anos desde que a filha Angelica desapareceu. Não é possível que você seja a Angelica Black. Ela teria quarenta e cinco anos hoje em dia, e você não pode ter mais do que vinte e cinco.

Angelica olhou para o doutor Steel em choque.

- O que você está me dizendo? - ela perguntou em voz baixa - Que dia é hoje?

O médico olhou para ela curioso.

- Que dia você acha que é hoje?

- Quando eu fui até o parque era 17 de maio de 1995.

- Hoje é 18 de maio de 2015.

Ela continuava olhando para ele em choque.

- Isso não é possível!

Moon Walking estava parada do lado de fora ouvindo a conversa e então resolveu bater na porta. Ao entrar na enfermaria, ela olhou para Angelica e sorriu.

- O que você está fazendo aqui vovó? - o doutor Steel perguntou.

- Vim dar boas-vindas a Little Flower. - ela respondeu.

Angelica chorou de alegria ao ver alguém conhecido.

- Moon Walking? - a voz dela estava um pouco hesitante, porém animada.

Ela conhecia aquela mulher, mas Moon Walking estava bem mais velha do que ela se lembrava. O que o médico disse era verdade.

- É tão bom ver um rosto conhecido! Como você soube que eu estava aqui?

- Os espíritos que me disseram para vir porque era a hora do seu retorno. Eu sempre soube que você voltaria. Você estava na época errada. O universo te colocou onde você pertence. - ela foi até a cama e, inclinando-se, deu um grande abraço em Angelica - Bem-vinda de volta Little Flower!

Angelica fungou segurando o choro.

- Não me chamam de Little Flower desde que a minha mãe morreu. - ela disse com lágrimas nos olhos.

- Olá! - o policial Michaels enfiou a cabeça pela porta. Ele entrou na enfermaria e foi até Angelica - Eu estava esperando para saber o que aconteceu. Você pode me dizer como se machucou?

Ainda em choque e um pouco incrédula, ela tomou uma rápida decisão e respondeu:

- Ainda não entendi o que aconteceu policial. Eu sei que estava no parque sentada em um banco. Me levantei para ir embora e de alguma forma eu torci o pé e tropecei em algo. Ao cair, bati com a cabeça na beira do banco. Acho que devo ter ficado inconsciente por alguns minutos. Quando me levantei, eu ainda estava tonta e desorientada. Eu tropecei e devo ter desmaiado novamente perto dos arbustos. Não me lembro de mais nada até ouvir você me chamando. Quero que saiba que eu sou muito grata por você ter me ajudado, muito grata mesmo! - ela olhou para o médico pedindo silenciosamente para que ele não contradissesse sua história.

- Então não havia mais ninguém envolvido? - sondou o policial Michaels.

- Não, só eu e o meu jeito desastrado mesmo. - Angelica respondeu.

- Você pode me dizer o seu nome e o seu endereço para eu deixar registrado?

- Claro! Angelica Black, Stone Hollow 2309.

O policial anotou as informações e se despediu.

Angelica viu que o doutor Steel e Moon Walking acompanharam a sua explicação e suspirou dizendo:

- Foi um acidente e aconteceu há muito tempo atrás. Além disso, ninguém de fora da reserva iria acreditar em mim se eu contasse toda a verdade. E a reserva sempre teve o seu próprio policiamento. - ponderou Angelica respondendo à pergunta não feita.

Moon Walking sorriu para ela, afagou seu braço e disse:

- Sim, é verdade. E Laughing Elk terá que se explicar diante dos anciões tribais porquê ele não tentou te ajudar. Poderia ser que ele não tinha a intenção de te machucar, mas fugir não é uma reação aceitável.

- Não, não é aceitável. Você poderia ter se machucado mais gravemente, e com essa revelação realmente Laughing Elk terá que se explicar. - o médico afirmou com veemência.

- Quando que a Little Flower poderá ir para casa? - Moon Walking perguntou.

- Não até amanhã. Vou mantê-la em observação durante a noite por causa da concussão. E além disso, não mora mais ninguém na casa dela há muito tempo. - o doutor Steel observou.

Moon Walking sorriu para Little Flower e disse:

- Está tudo bem com a sua casa. Há moças que vêm mantendo ela limpa e arejada. Alguns dos rapazes têm cuidado do jardim. Eu sabia que você voltaria e eu quis que você ficasse onde você pertence, que é com o povo da sua mãe.

Angelica sentiu as lágrimas se formando em seus olhos, e piscou para que elas não rolassem pelo seu rosto.

- Obrigada!

- Vamos transferir a Angelica para um quarto vovó. A senhora quer se despedir para ela poder descansar? - Doutor Steel perguntou.

- Não Running Wolf, eu vou acompanhá-la até o quarto e vou passar a noite com ela. Não quero que a Little Flower acorde sozinha. - Moon Walking disse com uma voz firme.

Todo mundo sabia que quando ela usava aquele tom de voz, ela não mudava de ideia.

O Doutor Steel cedeu graciosamente permitindo que Moon Walking os acompanhasse enquanto Angelica era transferida para um quarto. Elas se acomodaram para passar a noite, e Moon Walking se inclinou para trás na poltrona e fechou os olhos, assim Angelica poderia adormecer sem culpa.

2

O Doutor Steel deixou Angelica por último em sua ronda médica no dia seguinte. Ele levava consigo os papéis da alta médica dela, e quando ele entrou no quarto, Angelica e Moon Walking estavam conversando baixinho. As duas olharam para ele com um sorriso.

- Está pronta para deixar esse estabelecimento? - ele perguntou provocativamente.

- Sim, por favor! - Angelica respondeu.

- Estou com as papeladas aqui, e assim que você assinar te liberaremos. A enfermeira disse que você passou muito bem a noite.

Angelica assinou os papéis e os devolveu para o médico.

- Agora a Moon Walking vai ajudar você a se trocar e eu levo vocês duas até a reserva. - ele disse olhando para Moon Walking - Como você veio da reserva até aqui?

Ela olhou para ele por um momento sem expressar nenhuma emoção e então sorriu.

- Peguei uma carona com o carteiro.

Doutor Steel balançou a cabeça. Ele sabia que o carteiro

não deveria dar caronas enquanto estivesse entregando as correspondências, mas ninguém negava um favor à Moon Walking.

- Ok, eu encontro vocês na mesa da enfermeira assim que estiverem prontas. - ele se virou e saiu do quarto.

Angelica não perdeu tempo em sair da cama e pegar suas roupas.

Moon Walking a deteve com um toque em seu braço e disse:

- Não, essas roupas estão rasgadas e sujas. Eu lhe trouxe roupas limpas. - ela abriu a bolsa que tinha levado, e tirou um dos vestidos de Angelica e algumas roupas íntimas.

Angelica engasgou.

- Como você sabia que eu iria precisar dessas roupas? Deixa pra lá, pergunta boba. Obrigada Moon Walking! Eu não queria usar essas roupas velhas. - ela rapidamente se vestiu e saíram para encontrar o doutor Steel.

O médico estava esperando por elas e, quando as viu chegando, foi encontrá-las com uma cadeira de rodas.

Angelica franziu as sobrancelhas quando viu a cadeira.

- Eu não preciso de cadeira de rodas. Eu posso andar.

- Regras do hospital, todo mundo que recebe alta deve ser levado em uma cadeira de rodas. Vamos lá, não vai doer nada! Em breve você estará lá fora no meu carro. - Doutor Steel declarou alegremente.

Contra a vontade, Angelica sentou na cadeira de rodas e permitiu ser empurrada até o carro.

O médico havia pedido a um dos internos que levasse seu carro até a saída, então ele já estava estacionado do lado de fora quando eles saíram pela porta. Dentro do carro a caminho da reserva, o médico olhou para Angelica. Ele havia a colocado no banco da frente e Moon Walking estava no banco de trás.

- Eu me chamo Alex.

Angelica sorriu.

- É um prazer em conhecê-lo Alex. Doutor Steel se repetido várias vezes fica meio difícil de pronunciar.

- O mesmo acontece com Running Wolf. - Alex replicou.

- Eu gosto de Running Wolf. - Angelica disse.

- É um nome bonito. Eu que escolhi para a sua mãe. - Moon Walking respondeu do banco de trás.

- Sim vovó, é um nome bonito. Obrigado por tê-lo escolhido. - Alex agradeceu e Moon Walking sorriu satisfeita.

Não demorou muito para que eles estacionassem na entrada da casa de Angelica. Alex abriu a porta de trás para Moon Walking e correu em volta do carro para ajudar Angelica. Ela já tinha tirado o cinto de segurança e estava abrindo a porta quando ele chegou. Alex pegou a mão dela e a ajudou a sair do carro.

Angelica ficou olhando para a própria casa antes de ir em direção à porta da frente. Ela não disse nada até chegar na frente da porta.

- Acho que eu tenho a chave aqui em algum lugar. - ela disse procurando em sua bolsa.

- Você não precisa da chave. A porta não está trancada. - Moon Walking disse.

Angelica a olhou assustada e perguntou:

- Por que não?

- Era mais fácil para as moças entrarem para deixar tudo limpo e arejado. Ninguém se atreveria a entrar em uma casa que está sob a minha proteção. - Moon Walking declarou.

- Não mesmo. - Alex concordou enquanto se aproximava de Angelica e empurrou a porta aberta.

Angelica parou do lado de dentro e olhou à sua volta com os olhos arregalados.

- Parece que eu saí há apenas alguns minutos atrás. - Angelica disse maravilhada.

- Eu disse a todos que você voltaria e que queria manter tudo pronto para você. - Moon Walking disse.

Angelica fungou segurando as lágrimas e então se virou para Moon Walking e a abraçou agradecendo:

- Muito obrigada! Eu estava com medo de voltar aqui depois que descobri que fiquei desaparecida por vinte anos. Eu temia que ela estivesse caindo aos pedaços. Isto é fantástico!

- Vou deixar você se instalar. - disse Moon Walking - Eu preciso verificar as coisas na reserva.

- Só um minuto e eu já te dou uma carona. - Alex disse.

Moon Walking o olhou com firmeza e disse:

- Eu não preciso de carona. Estes pés aqui têm me levado para qualquer lugar que eu precise há muito tempo, e eles continuarão fazendo isso.

Alex levantou as mãos se desculpando:

- Me desculpe. Eu não quis insinuar nada ao oferecer uma carona. Eu só estava tentando ser útil.

A expressão dela se suavizou.

- Eu sei. - ela disse sorrindo - Por que você não fica para ajudar a Little Flower a se instalar? E me avise se ela precisar de alguma coisa. Preciso marcar uma reunião com os anciões tribais para o Laughing Elk. Informarei a data para que vocês possam participar.

A expressão de Alex se endureceu.

- Ótimo! Eu tenho algumas coisas para dizer a ele.

Após Moon Walking sair, Alex se virou para Angelica e perguntou:

- Você precisa de ajuda com alguma coisa?

Angelica balançou a cabeça enquanto olhava lentamente à sua volta.

- Eu não consigo acreditar em como tudo está tão bem cuidado!

Angelica se virou, foi para a cozinha e Alex a seguiu. Ela foi até a geladeira e ao abri-la, lágrimas vieram em seus olhos novamente e ela piscou rapidamente para impedir que caíssem.

- O que foi?

- A geladeira está cheia de comida!

Alex sorriu.

- E você realmente achou que a Moon Walking deixaria passar um detalhe como este e não iria abastecer a geladeira? Esta seria uma coisa da qual ela certamente cuidaria. Se precisar de mais alguma coisa me ligue que eu me certificarei de tudo. Não quero que você saia para comprar nada ou para ir a qualquer outro lugar por alguns dias. As coisas mudaram bastante e imagino que você vai demorar para se acostumar. Amanhã venho ver como você está. - Alex tirou um cartão do bolso e o entregou a ela - Aqui tem o número do meu celular. Pode me ligar a qualquer hora. Agora quero que você vá para a cama e descanse por hoje. Vou esperar até que você se deite e só então irei embora. - ele levantou a mão quando Angelica ia começar a protestar - Ordens médicas!

Angelica suspirou e se virou para fazer o que ele havia instruído.

Ela olhou para trás e disse:

- Eu estou indo mas não concordo! - ela disse sorrindo para ele - Obrigada Alex por cuidar de mim.

- De nada. - ele disse sorrindo de volta.

Angelica se virou e entrou em seu quarto.

3

Angelica acordou na manhã seguinte se sentindo muito melhor, mas ela ainda estava um pouco tensa. Depois de tomar um bom banho quente, ela foi até a cozinha para comer alguma coisa. Como não achou nada do que queria, ela decidiu fazer algumas panquecas. Ela já tinha colocado uma tigela e os ingredientes na mesa quando ouviu uma batida na porta. Angelica largou a colher que estava segurando e foi atender. Ela abriu a porta e sorriu para Moon Walking.

- Olá Moon Walking! Como você está neste lindo dia?

- Eu estou bem. - ela disse e seguiu Angelica até a cozinha.

- Estou fazendo algumas panquecas. Gostaria de me ajudar?

- Claro! Eu passei aqui para lhe dizer que a reunião com os anciões tribais será amanhã à noite.

- Eles estão agindo depressa! - Angelica disse surpresa.

- Sim, eu disse a eles que queria que o problema fosse resolvido logo. Você e o Running Wolf serão chamados para responder algumas perguntas.

Angelica ficou pálida.

- Não quero causar nenhum problema.

- Você não causará problemas. Você só irá contar a verdade.

- Laughing Elk tem família? - Angelica perguntou.

- Sim, ele tem um casal de filhos. A mulher dele morreu há cinco anos. A filha está morando com a irmã dele, e o filho de dezenove anos está no primeiro ano da faculdade.

Angelica pensou em tudo e continuou fazendo as panquecas. Ela não queria atrapalhar a vida de Laughing Elk. Ele não queria machucá-la. É verdade que ele poderia ter pedido ajuda para ela, mas ele era jovem e estava assustado. Talvez ele até tivesse tentado pedir ajuda, mas ela já não estava mais no mesmo lugar se ele tivesse voltado. Ela não tinha como saber. Angelica terminou de fazer as panquecas e as colocou em pratos. Ela colocou o mel, a manteiga, duas xícaras de café, o açucareiro e o café solúvel em cima da mesa e, quando se virou para pegar os pratos com as panquecas, Moon Walking já estava colocando eles em cima da mesa.

- Vamos comer! - ela disse sorrindo para Moon Walking.

Elas se sentaram e abaixaram suas cabeças para uma breve oração.

- Estão ótimas! - Moon Walking disse depois de saborear o primeiro pedaço.

- Obrigada! Essa era uma das comidas que a minha mãe mais gostava de fazer. Ela me ensinou a fazer panquecas quando eu tinha seis anos. Nós sempre gostávamos de fazer juntas.

Após terminarem de comer e de limpar a mesa, Moon Walking se preparou para ir embora.

- Running Wolf passará aqui para te levar à reunião dos anciões tribais. Não se preocupe, eles não serão muito severos com o Laughing Elk. Tudo ficará bem. - ela deu um tapinha no braço de Angelica e saiu.

Angelica perambulou pela casa olhando as coisas. Ela

pegou o porta-retrato de seus pais e piscou para conter as lágrimas enquanto olhava para eles. Eles pareciam tão felizes. Aquele motorista bêbado havia destruído uma família feliz. Com um suspiro, Angelica colocou de volta a foto na prateleira e resolveu ir ver o que iria vestir na reunião com os anciões tribais. Ela procurou por algo confortável, mas elegante.

Angelica encontrou um vestido bege com desenhos trabalhados com miçangas em volta. Ela também encontrou seu mocassim e os experimentou. Eles serviram perfeitamente. As tiras deram a volta ao redor de suas pernas e foram amarradas na parte da frente. Ela admirou como eles ficaram antes de tirá-los e os colocou junto das outras roupas para a reunião.

Ela já estava usando o seu vestido bege e seu mocassim quando correu para atender a porta no dia seguinte.

- Oi Alex! - ela o cumprimentou sorrindo.

- Uau, você está ótima! - ele disse olhando para ela demoradamente e sorriu de volta - Já está pronta?

- Sim, só vou pegar a minha bolsa e a chave.

Ela foi até uma mesa pequena e pegou a bolsa. Ao sair ela trancou a porta e, quando guardou a chave dentro da bolsa, ela se virou para o Alex sorrindo.

Alex correu para abrir a porta do carro para ela. Assim que ela já estava dentro do carro usando o cinto de segurança, ele correu para o lado do motorista e entrou. Foi uma viagem de carro curta até o local da reunião, e logo eles já estavam entrando em um estacionamento e saindo do carro. Alex pegou o braço de Angelica e eles entraram juntos. O interior da sala era grande e havia cadeiras de um lado. Três das cadeiras estavam ocupadas por índios idosos. Moon Walking ocupava uma cadeira ao lado dos anciões, e fez um gesto para que Alex e Angelica se juntassem a ela.

Quando eles chegaram ao lado dela, ela se levantou e pegou

Alex e Angelica pela mão e os guiou para que ficassem na frente dos anciãos.

- Black Bear, Grey Squirrel e Smiling Beaver, vocês se lembram do meu neto Running Wolf? - ela fez uma pausa para que cada um dos anciões reconhecesse Running Wolf - Esta é a Little Flower, a filha da Shining Star. - ela fez um gesto em direção à Angelica.

- É muito bom ver que você voltou para nós Little Flower. - Black Bear disse e os outros dois assentiram.

- Obrigada, é muito bom estar em casa.

Moon Walking conduziu Running Wolf e Little Flower de volta até as suas cadeiras e todos se sentaram.

A porta se abriu e Laughing Elk entrou. O rosto dele empalideceu quando ele avistou Little Flower sentada no grupo. Ele se apresentou e abaixou a cabeça respeitosamente para o grupo de anciões. Ele não disse nada, apenas esperou que eles se pronunciassem. Black Bear olhou severamente para ele.

- Pode se sentar Laughing Elk. Ouviremos as acusações contra você e só então você poderá se pronunciar.

Ele assentiu acenando com a cabeça e se sentou.

Black Bear olhou para a Little Flower e fez um gesto para que ela fosse até a frente.

- Little Flower, você irá nos contar o que aconteceu com você no dia em que foi tirada de nós?

- Sim, eu estava no parque com o Laughing Elk e ele me pediu para financiar um negócio em que ele estava interessado. Eu disse a ele que o meu contador daria uma olhada e que eu conversaria com ele mais tarde. Laughing Elk deve ter pensado que eu estava me recusando a ajudá-lo. Estávamos em pé ao lado de um banco, ele me empurrou, eu tropecei e caí. Quando caí, bati minha cabeça no banco e desmaiei. Quando recuperei os sentidos me levantei, mas eu estava muito desorientada. Tropecei em alguns arbustos e desmaiei novamente. Quando acordei, um policial estava em pé ao meu lado e logo ele chamou uma ambulância. Foi então que eu descobri que vinte anos havia se passado. - ao terminar de falar, ela abaixou a cabeça e esperou que Black Bear falasse.

- Obrigado Little Flower. Pode se sentar.

Ela voltou para a sua cadeira e Black Bear se virou para Laughing Elk e fez um gesto para que ele fosse até a frente. Ele obedeceu e esperou para começar a falar.

- Você tem algo a acrescentar na história contada por Little Flower? - Black Bear perguntou.

- Tudo aconteceu do jeito que ela descreveu. Eu não tinha a intenção de machucá-la. Quando ela caiu tinha tanto sangue que eu pensei que ela estava morta. Eu fiquei apavorado e fugi, mas quando eu voltei mais tarde, ela não estava mais lá e eu não consegui encontrá-la. Eu não sabia o que fazer, então eu não fiz nada.

Black Bear o encarou pensativo.

- Você já sabe que haverá uma punição por causa da sua covardia. Você está pronto para aceitar o nosso julgamento?

- Sim, estou.

Black Bear olhou para Moon Walking, Little Flower e Running Wolf e perguntou:

- Alguma sugestão?

Running Wolf ficou de pé, encarou os anciões e disse:

- Eu posso fazer uma sugestão? - assim que os anciões assentiram ele continuou - Laughing Elk desonrou o nome que lhe foi dado. Então eu acho que seu nome deveria ser mudado para Stripped Weasel para demostrar sua desonra. - ele voltou a se sentar e esperou a reação dos anciões.

Black Bear e os outros conversaram baixinho entre sim e, quando terminaram a discussão, Black Bear fez um gesto para que Laughing Elk fosse até a frente e perguntou:

- Você aceita a mudança de nome?

Laughing Elk olhou para Little Flower e rapidamente desviou o olhar e respondeu:

- Sim.

- Muito bem, de agora em diante você será conhecido como Stripped Weasel. A reunião está encerrada.

Black Bear e os outros se levantaram e deixaram a sala. Moon Walking se virou e começou a dizer alguma coisa para Little Flower, mas foi interrompida por Stripped Weasel:

- Little Flower, eu só queria dizer que eu estou feliz em saber que você está bem.

- Obrigada. - ela respondeu e ele foi embora.

- Podemos ir? - perguntou Running Wolf.

- Sim, por favor. Obrigada Moon Walking por cuidar de tudo. - ela agradeceu apertando a mão de Moon Walking e sorriu.

Moon Walking deu um tapinha na mão de Little Flower e disse:

- Vocês dois já podem ir. Running Wolf cuide muito bem dela. Temos que garantir que ela fique conosco. - ela se virou e os deixou lá parados.

- O que você acha que ela quis dizer? Existe alguma chance de eu voltar para o passado? - ela olhou inquisitivamente para ele.

Ele balançou a cabeça e segurou as mãos dela dizendo:

- Não sei, mas espero que não. Eu gosto de ter você por perto.

Ela sorriu para ele e disse:

- Vamos embora, tem um coisa que eu quero lhe perguntar.

Eles deixaram a sala de reunião e foram até o carro de Alex. Quando já estavam dentro do carro, Angelica se virou para ele:

- Você sabe que foi fácil te enxergar como Running Wolf na sala de reunião, mas assim que saímos de lá, você voltou a ser o Alex. - ela disse e balançou a cabeça.

- Eu sei. Lá você era a Little Flower e agora você é a Angelica de novo.

Eles se olharam e sorriram um para o outro em uma compreensão mútua.

- O que você queria me perguntar? - ele perguntou.

- Eu queria saber sobre a minha carteira de motorista. Ela venceu há muito tempo, e a data de nascimento nela diz que agora eu teria quarenta e cinco anos. Não sei como poderei renová-la, e eu preciso dela já que eu moro tão longe da cidade. - ela torceu as mãos enquanto esperava pela resposta dele.

Alex colocou a mão em cima das mãos dela. Ela se acalmou imediatamente e olhou para ele.

- Podemos cuidar disso amanhã porque hoje já está muito tarde. Depois das minhas rondas no hospital, vou te levar para falar com o Yellow Hawk. Ele é o responsável pela emissão de carteiras de motorista na reserva e vai nos orientar. Não se preocupe, ele acreditará em você, pois seria uma história bem diferente se você tivesse que ir até a cidade para renovar sua carteira. E você sabe que a reserva é independente. - ele sorriu e a lembrou de suas próprias palavras no hospital - Você vai ver, tudo vai ficar bem. - ele apertou a mão dela e depois voltou a mão para o volante ao chegarem na entrada da casa dela.

Alex ajudou Angelica a sair do carro e a acompanhou até a porta.

Ela se virou para ele e sorriu.

- Estou ocupando muito o seu tempo. Obrigada por me ajudar.

- Fico feliz em poder ajudar. - ele se inclinou para mais perto e beijou suavemente os lábios dela.

Ele se afastou e observou para ver se ela iria se opor ao seu atrevimento, mas Angelica continuou sorrindo para ele e ele suspirou aliviado.

- Vejo você amanhã. - ele pegou a chave dela, abriu a porta e a conduziu para dentro. Ele a beijou novamente e desejou boa noite antes de sair.

Angelica colocou os dedos nos lábios e sorriu. Ela permaneceu parada contemplando as sensações boas que Alex havia deixado nela. Quando ela foi se preparar para deitar, ela sabia que aquela seria uma boa noite e tinha certeza de que teria bons sonhos. Angelica pensou em Stripped Weasel e esperava que ele não sofresse muito com as consequências da mudança de nome, mas sua punição poderia ter sido muito pior e tudo já estava resolvido.

Voltando a pensar em Alex, ela abraçou a si mesma, apagou a luz e se aconchegou em sua cama.

4

Alex se apressou em suas rondas no dia seguinte. Ele não negou atenção a nenhum de seus pacientes, mas ele não ficou conversando com eles como às vezes fazia. Assim que ele acabou, ele entregou os prontuários e saiu do hospital.

Ele passou em sua casa primeiro para trocar de roupa, pois queria que Angelica tivesse uma outra impressão dele sem ser a sua aparência profissional. Assim que entrou no carro ele ligou para ela.

- Alô?

- Oi, é o Alex. Liguei para avisar que em alguns minutos estarei aí.

- Estarei pronta.

- Falei com o Yellow Hawk e ele disse para você levar a sua carteira de motorista e a sua certidão de nascimento. Tenho algumas informações da Moon Walking, mas contarei assim que eu chegar.

- Tudo bem, até logo. - ela concordou.

Alex bateu na porta dela cerca de uns dez minutos depois.

- Oi! - ele a cumprimentou com um sorriso quando Angelica abriu a porta.

- Oi! - ela disse sorrindo de volta.

Eles ficaram se olhando por uns instantes, e Alex se curvou e a beijou de forma carinhosa.

- Minha nossa! Parece que isso se tornou um hábito. - ela disse suavemente.

- Alguma objeção? - ele perguntou no mesmo tom de voz dela.

- Não. - ela disse balançando a cabeça.

- Que bom!

- Entre. - ela disse dando passagem para ele entrar e fechou a porta - Você disse que tinha mais coisas para me contar.

- Sim.

Ambos se sentaram no sofá e ela olhou ansiosamente para ele.

- Moon Walking já conversou com o Yellow Hawk e eles já têm tudo organizado, e ele irá tratar disso com você quando nos encontrarmos com ele. Ela também conversou com um dos diretores do seu banco que por acaso é filho do Black Bear. Ele tem tomado conta da sua herança e das suas contas bancárias. Moon Walking disse para todo mundo que você voltaria e que manteria tudo em ordem para o seu retorno. Little Bear tem os registros de todas as suas contas e irá entregá-los a você assim que passarmos no escritório dele no banco. Então, temos que ir ao local da carteira de motorista e ao banco. Você está pronta?

- Sim, já coloquei minha carteira de motorista e a minha certidão de nascimento na bolsa. - ela respondeu levantando do sofá.

Alex pegou a mão dela e a levou até o seu carro. Após ajudá-la a entrar, ele foi para o banco do motorista e deu a partida. Ele olhou para ela e viu que ela parecia um pouco tensa. Ele acariciou a mão dela e a tranquilizou:

- Não se preocupe. Vai dar tudo certo, você vai ver.

Eles chegaram no escritório do Yellow Hawk e bateram na porta. Quando eles escutaram uma voz pedindo para que entrassem, Alex abriu a porta e conduziu Angelica para dentro.

- Olá Morning Star. - ele cumprimentou a jovem que estava na mesa - Esta é a Little Flower e viemos para falar com o Yellow Hawk. Little Flower, esta é a Morning Star. Ela é sua prima por parte de mãe.

- Olá! - ambas responderam juntas.

- Será muito bom conhecer um pouco da minha família. - Angelica sorriu e Morning Star sorriu de volta concordando.

Yellow Hawk enfiou a cabeça para fora de seu escritório e comentou:

- Olá! Eu pensei mesmo em ter ouvido a voz do Running Wolf.

Ele saiu e cumprimentou o Alex com um aperto de mão, e se virou para Angelica com um sorriso:

- Você deve ser a Little Flower. Estou feliz que você está de volta. A Moon Walking garantiu a todos nós de que você voltaria. - ele ofereceu a mão para ela e Little Flower apertou a mão dele com um sorriso - Vamos ao meu escritório para que eu possa esclarecer tudo.

Depois de sorrirem para a Morning Star, eles o seguiram até o escritório. Little Flower pegou sua certidão de nascimento e sua carteira de motorista, e as entregou para Yellow Hawk.

Ele pegou os itens e os estudou.

- Isso não será um problema. - Yellow Hawk afirmou - Em sua certidão de nascimento, irei mudar o ano do seu nascimento de 1970 para 1990. Seus pais não terão suas datas de nascimento alteradas. Aqui apenas consta a idade deles e não suas datas de nascimento, então a única alteração será com relação a você. Com a sua carteira de motorista será a mesma coisa, só iremos mudar a sua data de nascimento.

Ele acessou o programa em seu computador e fez as correções.

- Agora, é só você ir para a frente da câmera e assinar a carteira de motorista que teremos tudo pronto em alguns minutos.

Ele mostrou a ela onde ela deveria assinar e onde ficar, e rapidamente tirou uma foto dela. Enquanto a carteira estava em andamento, ele foi para a certidão de nascimento. Ele tirou uma cópia e carimbou para que fosse certificada. Houve um apito sinalizando que a carteira estava pronta. Yellow Hawk pegou a carteira e a certidão e as entregou a Little Flower.

- Bem-vinda de volta Little Flower. - ele disse enquanto ele as entregava.

- Obrigada. Sou muito grata por você ter facilitado isso para mim. Quanto eu lhe devo por elas?

- São por conta da casa. Moon Walking não me deixaria em paz se eu cobrasse, e todos nós queremos permanecer do lado bom dela. - ele trocou um olhar de total compreensão com Running Wolf.

Ao saírem, eles se despediram do Yellow Hawk e da Morning Star e quando já estavam dentro do carro a caminho do banco, Angelica olhou para Alex e comentou:

- Espero que no banco as coisas sejam fáceis também. Preciso que tudo esteja em ordem para eu poder usar meu dinheiro.

Alex afagou a mão dela e disse sorrindo:

- Tenho certeza de que a Moon Walking já preparou o terreno para nós.

Ela sorriu de volta para ele.

- Ela realmente tem cuidado de mim. Eu devo muito a ela. - ela disse e desviou o olhar.

Quando ela olhou de volta para Alex, ela parecia hesitante.

Ele a olhou curioso e perguntou:

- Tem alguma coisa errada?

- Eu estava pensando, a reserva está precisando de alguma coisa, mas que teve que adiar por falta de verba?

- Não sei. Vou pensar sobre isso. Eu estou mais envolvido com o hospital do que com os negócios da tribo. Vou descobrir e depois te falo.

- Obrigada.

Eles estacionaram no estacionamento do banco, e de dentro do carro ficaram olhando para o estabelecimento por um momento.

- Parece praticamente o mesmo de vinte anos atrás. - Angelica comentou.

- Acho que locais como bancos apreciam sua imagem o suficiente para permanecerem sempre do mesmo jeito. Vamos entrar.

Eles saíram do carro e Alex pegou a mão dela assim que entraram. Eles seguiram as placas até encontrar o escritório do Derrick Bear. Alex bateu na porta, e ela foi aberta por um homem cuja semelhança com Black Bear era impressionante. Quando ele os viu lá parados, sorriu e os conduziu para dentro.

- Estamos todos felizes que você esteja bem e que tenha voltado para nós Little Flower. Tudo bem se eu te chamar de Angelica? Preciso explicar suas contas para você.

- Sim, por favor. - ela respondeu.

Derrick Bear sorriu.

- Eu já alterei o ano do seu nascimento para 1990. Moon Walking me pediu para alterar a data semana passada.

- Semana passada?! - Angelica exclamou - Eu voltei há apenas 4 dias! - Derrick e Alex sorriram - Ok, já entendi, ela sabia que eu iria voltar. - ela suspirou.

Derrick apenas sorriu e apresentou a ela alguns papéis.

- Você encontrará tudo em ordem. Eu solicitei para você

novos cheques, um cartão de débito e um de crédito. Você só precisa assinar esses papéis.

Angelica deu uma olhada neles e os assinou. Derrick pegou os papéis e separou eles em duas pilhas: uma dela e a outra do banco.

- Você vai ver que a poupança está rendendo seis vezes mais do que quando você nos deixou. A Fundação Black começou com o seu avô e está indo muito bem, e ela está sendo administrada por um conselho de curadores. Você é uma jovem muito rica. Você tem alguma ideia do que vai fazer agora?

- Bom, eu estou planejando usar um pouco com a reserva. Eu só preciso saber onde que é mais necessário. E também vou procurar um emprego de meio período; algo que seja no meio artístico. Me formei na área de artes na faculdade, e eu não vou ficar apenas sentada gastando dinheiro.

Derrick olhou pensativo para ela.

- Moon Walking poderá lhe ajudar a decidir onde o dinheiro é mais necessário na reserva. Eu também ouvi dizer que a galeria de arte está precisando de alguém para trabalhar meio período. Você poderia ir lá para conversar com eles, mas não se apresse. Primeiro aproveite para ficar em casa por alguns dias.

- Irei lá sim. - ela concordou levantando da cadeira.

Derrick colocou todos os papéis dela dentro de uma pasta e entregou a ela.

- Se eu puder ajudar em mais alguma coisa é só me ligar. O meu cartão está dentro da pasta. Ficarei feliz em ajudar.

- Obrigada.

Derrick e Alex se despediram com um aperto de mão e Alex conduziu Angelica para fora do banco.

Ele se virou para ela e perguntou:

- Você gostaria de tomar um sorvete enquanto estamos na cidade?

Ela sorriu.

- Eu adoraria! Podemos deixar esses papéis no seu carro primeiro?

- Claro!

Ele pegou os papéis e os colocou no banco de trás. Após trancar o carro, ele pegou na mão dela e eles desceram a rua caminhando em direção à sorveteria.

Eles andavam devagar e Angelica olhava ao redor para ver as mudanças das lojas. Algumas das mais antigas haviam fechado, e havia bem mais lojas especializadas. Ela ficou feliz que a velha sorveteria havia sobrevivido, pois ela tinha muitas lembranças boas dela. Seus pais a levavam para tomar uma casquinha aos domingos após irem à igreja. Ela suspirou, pois sentia muito a falta deles. Eles haviam partido há muito tempo, mas para ela não parecia fazer tanto tempo assim.

Ao chegarem na sorveteria, Alex abriu a porta e a conduziu para dentro. Havia uma fila de pessoas que esperavam por seus sorvetes. Eles foram para o final da fila e esperaram paciente-mente até chegarem ao balcão.

- Em que posso ajudá-los? - perguntou a adolescente atrás do balcão.

- Eu vou querer uma casquinha de chocolate e baunilha. - ela pediu e sorriu para Alex.

- E eu vou querer uma de morango e banana. - ele pediu.

Eles pegaram seus sorvetes e foram até a uma mesa para saboreá-los.

Depois de dar a primeira lambida, Angelica suspirou de prazer.

- Isso é muito bom! Quer provar? - ela segurou a casquinha na direção dele para que ele pudesse provar.

- Hmmm, é bom. Quer provar a de morango e banana? - ele perguntou estendendo sua casquinha para ela.

- Por favor! - ela inclinou-se para frente para provar e suspirou de prazer - Da próxima vez eu vou pedir desse sabor.

Alex sorriu enquanto continuava saboreando a sua casquinha.

- Aqui é um dos meus lugares favoritos. Eu sempre tento vir aqui quando venho para a cidade.

- Aqui também é um dos meus lugares favoritos! Os meus pais costumavam me trazer aqui aos domingos depois da igreja. Estou feliz que essa sorveteria continua aberta.

Quando terminaram de tomar seus sorvetes, eles jogaram fora o lixo e voltaram para fora. Alex pegou a mão de Angelica e a puxou para mais perto dele. Ela sorriu e permaneceu ao seu lado. Eles olharam em volta e ela avistou a galeria de arte Mason a cerca de meio quarteirão de distância do outro lado da rua.

- Aquela é a galeria de arte que o Derrick falou? - ela perguntou apontando para ela.

Alex olhou na direção da galeria.

- Sim, é a única galeria de arte da cidade. Gostaria de ir até lá para dar uma olhada?

- Podemos? Eu não quero tomar muito mais do seu tempo. - ela olhou para ele curiosa.

- Eu tenho tempo de sobra, pois terminei as minhas rondas e não estou de plantão. Estou à sua disposição e podemos fazer o que você quiser.

- É melhor você se ver fazendo declarações como essa. Você nunca sabe quantos problemas isso poderá lhe causar. - ela disse e sorriu para ele.

Alex retribuiu o sorriso e apertou a mão dela.

- Eu fui sincero em cada palavra que eu disse. Vamos lá ver a galeria.

5

Enquanto eles passeavam pela rua, várias pessoas cumprimentaram o Alex o chamando de doutor Steel. Ele acenou para elas, mas não parou. Ele continuou a focar toda a sua atenção em Angelica apontando para as lojas novas e para algumas antigas, pois ele não queria que o resto do mundo interrompesse o seu tempo com ela.

De repente, ele soltou a mão dela e parou na frente de dois adolescentes que vinham andando de skate na direção deles. Ele levantou a mão e sinalizou para que eles parassem. Os dois garotos pararam quando o viram, e Alex olhou severamente para eles antes de perguntar:

- Little Oak e Grey Pony, por que vocês não estão na escola?

- A aula acabou mais cedo. A Moon Walking disse que eles precisavam decorar o prédio para uma festa de boas-vindas para a Little Flower. Ela mandou eu e o Grey Pony buscar algumas serpentinas na floricultura. - Little Oak explicou pacientemente.

- Entendi. - Alex disse.

- A gente tem que ir Running Wolf. A Moon Walking não

gosta de ficar esperando. - Grey Pony estava ansioso para continuar seu caminho.

- Tudo bem, e vocês dois tomem cuidado para não atropelar ninguém. - Alex disse.

- Somos sempre cuidadosos. - Little Oak declarou.

E com um aceno de mão, os meninos continuaram o seu caminho.

- Você sabia que a Moon Walking estava planejando uma festa? - Angelica questionou.

- Não, ela ainda não teve tempo de me contar. - ele pegou na mão dela e eles começaram a caminhar novamente em direção à galeria de arte.

Quando eles entraram na galeria, o sino em cima da porta soou alegremente.

- Eu gosto desse som. Ele soa tão alegre. - Angelica disse.

- Olá. - ouviu-se uma voz - Já estou indo.

Uma mulher saiu da sala dos fundos e cumprimentou os dois sorrindo, e parou quando ela viu que era o Alex:

- Doutor Steel! - ela disse sorrindo e estendendo a mão para ele.

Alex apertou a mão dela meio confuso pois não lembrava quem era ela.

- Meu nome é Melanie Mason. Quero lhe agradecer por cuidar da minha filha Valerie quando ela foi picada por uma abelha.

- Eu tive a ajuda do Marcus. Como Valerie e Marcus estão?

- Eles estão muito bem! É maravilhoso ver os dois tão apaixonados e planejando o casamento. - Melanie suspirou - Mesmo dando muito trabalho, eles irão se casar daqui a um mês aqui em Rolling Fork em nossa igreja. Não poderíamos fazer do lado de fora por causa das abelhas. A festa acontecerá em seguida no clube de campo e sei que a Valerie irá te convidar.

Ela queria convidar a sua avó, a Moon Walking, mas ela não sabia para onde enviar o convite.

- Moon Walking vai adorar quando ficar sabendo. Diga a Valerie para mandar para a reserva e ela receberá, pois todos a conhecem por lá. - Alex sorriu para Melanie e se voltou para Angelica - Melanie, esta é a Angelica Black. A filha de Melanie, a Valerie, foi uma paciente minha. Ela é muito alérgica a picadas de abelhas, e o Marcus pode me dizer qual remédio dar a ela. Tudo deu certo no final, mas foi por pouco.

- Deve ter sido assustador para a sua família. - Angelica disse para a Melanie.

- Teria sido se eu estivesse aqui. Nesse dia, eu e o meu marido estávamos em uma viagem na Itália. Quando ficamos sabendo, tudo já havia acabado. Nossa, - ela se desculpou - eu fico falando e prendendo vocês aqui ao invés de atendê-los. Há algo em particular em que vocês estejam interessados?

- Sim, - Angelica respondeu - eu vi uma placa na janela dizendo que vocês estão contratando. Que tipo de serviço seria?

- Bom, - Melanie disse sorrindo - eu preciso principalmente de alguém para ficar aqui na frente para atender os clientes. A Cindy trabalha na sala dos fundos, e o meu marido cuida da parte contábil. Eu costumo ficar aqui na frente, mas eu preciso de um tempo livre para ajudar no casamento. Você se interessa em trabalhar aqui?

- Me interessa sim, pois estou à procura de um trabalho de meio período. Sou formada em artes, mas não tenho nenhuma experiência, porém eu aprendo rápido.

- Quantas horas por dia você está disposta a trabalhar?

- Eu posso trabalhar quatro horas por dia e não trabalho aos domingos. - ela disse e olhou esperançosa para Melanie.

- O que você acha de começar amanhã para vermos como você se sai até o final de semana?

- Amanhã estarei aqui! Que horas que eu chego? - Angelica

tinha um grande sorriso em seu rosto e olhou entusiasmada para Alex.

- Nós abrimos às nove, mas se você puder chegar às oito e meia podemos preencher a papelada e depois eu te mostro tudo. É só chegar e bater na porta dos fundos que alguém deixará você entrar. Bem-vinda Angelica! - Melanie estendeu a mão para apertar a mão dela.

Angelica apertou a mão dela e se virou para Alex dizendo:

- Não acredito! - ela disse dando um abraço nele - Eu consegui um emprego!

- É, eu vi! - ele disse sorrindo e a abraçando de volta - É melhor irmos para que você possa se preparar para amanhã. Foi um prazer em vê-la. - ele disse para Melanie - Diga a Valerie e ao Marcus que eu mandei um oi para eles.

- Pode deixar! - ela os observou enquanto subiam a rua em direção ao carro. *"Mais um casal apaixonado! Logo estarão juntos!"*, ela refletiu.

- Pensei que você iria esperar alguns dias antes de começar a trabalhar. - Alex comentou.

- É que eu não resisti! - ela respondeu alegremente.

- Se você começar a se sentir cansada, pare para descansar. A Melanie vai entender. Ela é uma pessoa muito boa.

Angelica o encarou com curiosidade.

- Achei que você não conhecia ela quando entramos na loja.

- Mas eu não conhecia mesmo, eu conheço a filha dela e o Marcus. Eles são pessoas muitos legais e a Valerie comentou bastante sobre os pais. Ela sentia falta deles mesmo quando estava conhecendo o Marcus. Você vai ao casamento deles comigo, né?

- Você tem certeza de que eles não vão se importar?

- Provavelmente eles não verão mais ninguém a não ser eles mesmos. - ele disse sorrindo.

Ao voltarem para o carro, ele abriu a porta para ela e a ajudou a entrar antes de ir para o lado do motorista.

- Você precisa de alguma coisa aqui da cidade? - ele perguntou.

- Não, não consigo pensar em nada. Precisamos descobrir quando que a Moon Walking vai dar a festa.

- É verdade, eu quase me esqueci disso. É melhor descobrirmos o que está acontecendo. - ele ligou o carro e seguiu em direção à reserva.

Alex estacionou em frente à escola e virou-se para Angelica.

- Acho que você deveria esperar aqui porque eu não sei se a Moon Walking está planejando uma festa surpresa. Vou ver o que consigo descobrir.

- Ok. - ela concordou.

Alex saiu do carro, entrou na escola e Angelica olhou em volta curiosa. O prédio aparentemente estava em bom estado. Angelica franziu a testa. Eles precisavam de uma academia grande para usar quando chovesse. Havia crianças espalhadas usando aparelhos esportivos externos.

Algumas estavam jogando basquete. Havia um campo de futebol, um de beisebol e um parquinho para as crianças menores. Angelica olhou em volta e viu um terreno grande e vazio ao lado da escola. *"Será que ele poderia ser usado para a escola?"*, ela se perguntou. Ela voltou a olhar para a frente assim que Alex saiu do prédio e sorriu para ele quando ele entrou no carro.

Alex sorriu de volta e estendeu a mão para apertar a mão dela.

- A festa é hoje às dezoito horas. Eu disse a vovó que você só poderia ficar algumas horas porque você precisa descansar. Ela concordou comigo e me pediu para trazê-la. Ela também queria saber se tínhamos resolvido tudo, e me pediu para dizer que você vai gostar de trabalhar na galeria.

- O quê? Você contou a ela sobre o emprego?

Alex balançou a cabeça e respondeu:

- Não, não disse nem uma palavra. Ela sempre sabe das coisas.

Angelica balançou a cabeça e riu.

- Aposto que foi difícil crescer com ela por perto. Ela já sabia que você estaria encrencado antes mesmo de você fazer qualquer coisa.

Alex olhou para ela e riu com ela.

- Sim, não nos safamos de nada!

Alex estacionou o carro na garagem de Angelica e correu para ajudá-la e acompanhá-la até a porta. Depois que ela abriu a porta, Alex a puxou para perto e a beijou carinhosamente. Ao sentir que ela correspondia, ele intensificou o beijo. Após um minuto ele se afastou e encostou sua testa na dela. Nenhum deles estava sem fôlego, mas ambos estavam ofegantes.

Alex olhou nos olhos dela e disse:

- Tente tirar um cochilo. Virei buscá-la às dezessete e trinta. Não vamos querer chegar muito tarde porque a Moon Walking pode mandar alguém atrás de nós. - ele riu baixinho.

Angelica sorriu para ele.

- Vou tentar. - ela prometeu.

Alex a beijou carinhosamente mais uma vez e se virou para ir embora.

- Alex! - ela o chamou e ele se virou para ver o que ela queria.

Angelica foi até ele e quando chegou na sua frente, parou, olhou em seus olhos e pediu:

- Por que você não fica? Nós poderíamos ficar conversando ou assistindo televisão. - ela suspirou - É que eu não quero ficar sozinha.

- Claro, eu adoraria sentar e relaxar com você! - ele respondeu.

Ele pegou a mão dela e entraram juntos na casa. Ela o conduziu até o sofá e puxou a mão dele para que ele se sentasse.

- Gostaria de beber alguma coisa? - ela ofereceu.

- Não, obrigado. Eu só quero ficar aqui conversando para te conhecer melhor. Você já deve ter percebido que sinto alguma coisa por você. Sei que isso deve parecer repentino, mas sinto que ficamos próximos e fizemos várias coisas juntos em poucos dias.

- Sim. - ela concordou - Eu me sinto muito segura ao seu lado. Sinto que o universo me mandou para o futuro para que eu pudesse te conhecer com a mesma idade que você.

Alex apertou a mão dela, inclinou-se para a frente e a beijou de forma carinhosa. Quando ele começou a se afastar, Angelica estendeu a mão e segurou a parte de trás da cabeça dele para que o beijo pudesse continuar e se intensificar. Quando eles finalmente separaram seus lábios, eles inclinaram suas cabeças para que suas testas se tocassem enquanto ambos estavam com a respiração ofegante. Ela sorriu para ele e deitou a cabeça em seu peito.

- Você se importa se ficarmos assim por um tempo? - ela perguntou.

Alex apertou o braço que estava em volta dela e sussurrou:

- Eu adoraria ficar sentado aqui pelo tempo que você quiser.

Angelica sorriu e se aconchegou para mais perto dele. Seus olhos se fecharam e ela logo estava dormindo. Alex sorriu e beijou o topo da sua cabeça. Ele foi muito cuidadoso para não empurrá-la, pois ela precisava de uma soneca e ele estava muito feliz por estar lá com ela.

6

Angelica se mexeu e abriu os olhos. Ela olhou em volta e quando percebeu onde estava se sentiu tranquila. Ela olhou para Alex que havia adormecido segurando-a em seus braços e sorriu. Ela nunca tinha se sentido tão segura e protegida. Mesmo que ela realmente conhecesse Alex a apenas alguns dias, ela estava começando a ter fortes sentimentos por ele. Aquilo a fez se sentir tonta apenas deitada em seus braços.

Alex se mexeu e abriu os olhos. Ele sorriu para Angelica quando viu que ela estava acordada o observando.

- Acho que acabei cochilando. - ele disse.

- Acho que estávamos precisando de uma soneca.

Alex apertou os braços em volta dela por um momento, mas quando olhou para o seu relógio ele suspirou dizendo:

- Vou ter que ir. Preciso ir para casa tomar banho e me arrumar para a festa de hoje à noite.

Angelica sentou e se espreguiçou.

- Sim, eu também. Não faço ideia do que vou vestir. O que se veste para uma festa surpresa de boas-vindas?

Alex sorriu e a puxou para perto para lhe dar um beijo.

- Não importa o que você vai vestir. Você sempre está linda. - ele se levantou e puxando Angelica com ele, seguiu para a porta da frente.

Na porta, ele a virou para que ela ficasse de frente para ele e a beijou novamente.

- Te vejo daqui a pouco. - ele disse.

- Ok.

Ela fechou a porta e correu para o seu quarto para decidir o que iria vestir para ir à festa. Ela olhou em seu closet. Havia um vasto guarda-roupa para escolher. Ao dar uma olhada, ela avistou um vestido azul royal. Ele era justo na parte de cima e embaixo era meio boca de sino. A parte debaixo seria mais fácil para andar e se sentar. Ela colocou o vestido em cima da cama e começou a procurar acessórios para usar com ele.

Após ter escolhido tudo que combinava com o vestido, ela foi até o banheiro para tomar banho. Já de banho tomado, vestida e acabando de se maquiar, ela ouviu uma batida na porta. Ela deu uma última olhada no espelho e foi abrir a porta para Alex.

- Você está linda! - Alex declarou chocado - Como você consegue ficar cada vez mais bonita toda vez que eu te vejo?

Angelica sorriu para ele e disse:

- E você está lindo! Acho que eu nunca te vi de terno e eu aprovo você neste traje sem dúvida alguma! Só te vi com roupas do hospital quando estava trabalhando e com roupas casuais quando fomos à cidade.

Alex se inclinou na direção dela e então parou para perguntar:

- Será que vai borrar o seu batom se eu lhe der um beijo?

- Não, ele é à prova d'água. - ela sorriu e ofereceu seus lábios para que ele a beijasse.

Alex não perdeu tempo em ser complacente com Angelica.

Ele a beijou carinhosamente e então a abraçou por um momento antes de se afastar.

- Acho que temos que ir. - ele disse e Angelica sorriu quando ele pegou em sua mão.

Ele a ajudou a entrar no carro e prendeu o cinto dela antes de ir para o lado do motorista e dar a partida no carro.

Alex teve que procurar um lugar para estacionar quando chegaram, pois o estacionamento da escola estava lotado. Quando ele encontrou uma vaga, eles tiveram que fazer uma longa caminhada fazendo zigue-zague entre os carros até chegarem à porta da frente. Quando ele abriu a porta para ela, o som os atingiu. Angelica pegou a mão de Alex e a segurou fortemente. Ele passou o braço em volta dela e se inclinou intimamente para dizer:

- Está tudo bem, eu deveria ter lhe avisado sobre o som.

- Eu estou bem. Por um momento eu me lembrei das festas que eu ia quando os meus pais ainda estavam vivos.

Alex apertou o corpo dela para mais perto do dele, e então avistou a Morning Star caminhando na direção deles. Ela parou na frente deles e se inclinou para dar um abraço em Angelica.

- Eu não tive a chance de conversar com você no escritório do Yellow Hawk. Eu só queria dizer que eu estou feliz em te conhecer, e espero que possamos ser amigas. - ela disse e sorriu para Angelica.

- Eu também espero. Eu estava pensando em você depois que a gente saiu do escritório da carteira de motorista. A sua família morou no Canadá?

- Sim, nos mudamos para cá há cerca de quinze anos. Mamãe ficou muito triste com a morte da Shining Star, e papai pensou que seria melhor nos mudarmos para cá. Vamos, vou te apresentar à vovó e ao vovô.

- Eu tenho uma avó e um avô? - Angelica perguntou.

- Sim. - Morning Star respondeu e manteve um caminho determinado em meio a multidão.

Angelica e Alex a seguiram de perto para não se separarem. Morning Star parou diante de um casal de idosos e de uma mulher que aparentava ter a idade para ser sua mãe cuja semelhança era impressionante com a mãe de Angelica.

- Vovó, vovô, mamãe, esta é a Little Flower. Little Flower esta é a vovó ou Red Night Star, este é o vovô ou Dancing Star, e esta é a minha mãe Shooting Star. - Morning Star se afastou e esperou que alguém se pronunciasse.

Shooting Star se levantou de sua cadeira e se aproximou de Little Flower.

- Nós estamos muito felizes em te conhecer e que você tenha voltado para nós. - ela disse e se inclinou para dar um abraço em Little Flower.

Little Flower retribuiu o abraço de forma carinhosa.

- Estou feliz em conhecer vocês. Mamãe me falou sobre todos vocês. Sinto muito por não termos tido a chance de nos encontrarmos antes. - ela se aproximou e deu um breve abraço em sua avó e em seu avô - Teremos que nos reunir para nos conhecermos melhor, mas agora eu preciso encontrar a Moon Walking para agradecê-la por ter organizado essa festa de boas-vindas para mim. Vejo todos vocês mais tarde. - ela sorriu para todos e se virou para Alex e perguntou - Você sabe onde ela está?

- Sim, ela está perto da banda. - ele respondeu e apertou a mão do avô e da avó de Angelica e deu um beijo no rosto da Shooting Star - Conversaremos com vocês mais tarde. - ele prometeu.

Eles assistiam a banda enquanto iam em direção à Moon Walking. Havia dois guitarristas, um violinista e um baterista. A música soava agradável, mas Angelica pensou que soaria melhor se a banda não estivesse tocando tão alto. Assim que eles se aproximaram da Moon Walking, a banda parou para o intervalo. Ela parou os integrantes assim que eles deixaram seus instrumentos e saiam do palco:

- Little Flower, esta é a família Leopard. Eles têm tocado para a nossa tribo já faz muito tempo. Little Leopard e Double Leopard são gêmeos e eles tocam guitarra. - ela fez um gesto para os dois guitarristas e Angelica sorriu e apertou a mão dos dois - O pai deles e o Dark Leopard são quem toca bateria, e Spotted Leopard toca violino e também é o diretor da escola. - Angelica apertou a mão dos dois últimos e disse a eles que estava gostando da música deles.

Os integrantes da banda saíram para beber alguma coisa e Angelica e Alex se viraram para Moon Walking.

- Obrigada por organizar essa festa para mim. - Angelica agradeceu e com um sorriso abraçou Moon Walking - Eu acabei de conhecer alguns dos meus parentes e não vejo a hora de conhecê-los melhor. - ela disse e sorriu mais uma vez para Moon Walking.

- Eu pensei que a melhor maneira de todos saberem que você estava de volta era reuni-los em algum lugar e deixar que vissem por si mesmos. Será bom para você se familiarizar melhor com a sua família. - Moon Walking disse.

- Será sim! - Angelica concordou e olhou para Moon Walking com um grande sorriso - Eu consegui um emprego de meio período na galeria de arte e começo amanhã. E também, eu quero conversar com você sobre aonde que eu posso doar dinheiro para ajudar a reserva. Eu sei que você saberá me dizer aonde mais precisa. - ela olhou seriamente para Moon Walking que deu um tapinha em sua mão e disse:

- Nos reuniremos em alguns dias e discutiremos isso. Apenas aproveite a festa esta noite. Vá dançar com o Running Wolf, a banda está prestes a começar a tocar novamente.

Angelica olhou de volta para o palco. Ela esteve tão absorta na conversa que nem percebeu a banda voltando. Ela abraçou a Moon Walking novamente, se virou para pegar a mão do Alex e deixou que ele a guiasse para onde havia algumas pessoas dançando. Alex a virou e eles se juntaram à fila de dançarinos. Era uma dança lenta e ela logo se sentiu confortável. Ela só tinha que se lembrar dos movimentos de quando seus pais a levavam para dançar.

Angelica olhou para os outros dançarinos e viu que a Morning Star estava dançando com o Derrick Bear. Ela sorriu e acenou para os dois e eles sorriram e acenaram de volta. Yellow Hawk estava dançando com uma bela moça que ela nunca tinha visto antes, pelo menos não que ela pudesse se lembrar. Alex puxou a mão dela para chamar a sua atenção de volta para ele. Ele se inclinou e sussurrou em seu ouvido:

- Você tem tempo de sobra para conhecer todo mundo. Seja paciente.

Angelica sorriu para ele e apertou a sua mão. Quando a dança chegou ao fim, Alex viu três jovens indo na direção deles e lançou-lhes um olhar duro. Dois dos homens perceberam o olhar e se afastaram, pois eles não queriam se envolver com Running Wolf, mas o outro homem continuou seu caminho. Ele não se intimidou pois conhecia o Running Wolf a vida toda.

- Olá, eu sou Lone Wolf e Running Wolf é meu primo. - ele disse a Angelica e sorriu para Running Wolf - Você gostaria de dançar comigo?

Angelica sorriu para ele e olhou para Alex, pois ela não tinha certeza do que fazer. Ele olhou para ela com firmeza deixando a decisão nas mãos dela. Por fim, ela balançou a cabeça, olhou de volta para Lone Wolf e respondeu:

- Não, obrigada. Estou com o Running Wolf.

Lone Wolf se afastou e Alex e Angelica ficaram de mãos dadas olhando nos olhos um do outro. Ela sorriu e ele sorriu de volta. Eles estavam em uma perfeita sintonia um com o outro.

Perto da banda Moon Walking os assistia. Ela parecia satisfeita ao ver o quanto Little Flower e Running Wolf estavam se dando bem. *"Eles formam um belo casal, e me darão bisnetos lindos!"*, ela pensou e suspirou satisfeita novamente.

Alex e Angelica ficaram por mais uma hora. Eles cumprimentaram muitas pessoas e se misturaram à multidão. Ela passou um tempo conversando com os avós e com a tia e prometeu a eles entrar em contato assim que soubesse que horas ela teria livre de seu novo emprego. Ela desejou boa noite a eles, e ela e Alex voltaram para falar com a Moon Walking.

- Viemos nos despedir. - Alex disse e beijou a bochecha dela.

- Nos divertimos bastante. Muito obrigada por organizar tudo. - Angelica disse e inclinou-se para lhe dar um grande abraço.

- Running Wolf, leve ela para casa. - Moon Walking disse - Descansem bem e nos reuniremos em breve para uma boa e longa visita. Talvez até durante o café da manhã. - ela acrescentou e Angelica riu.

- Você sabe que é bem-vinda para o café da manhã sempre que quiser. - Angelica disse.

Todos desejaram boa noite e Alex e Angelica caminharam em direção à porta. Já do lado de fora, eles seguiram para onde haviam estacionado o carro. A multidão havia diminuído um pouco conforme as pessoas deixavam a festa e iam para casa. Alex ajudou Angelica a entrar no carro e quando eles estavam a caminho de casa, ele estendeu a mão para pegar a mão dela.

- Me diverti muito. Obrigado por ter ido comigo.

- Eu me diverti muito também. Obrigada por me levar. - ela sorriu para ele mesmo que ele não pudesse vê-la muito bem no escuro.

Quando eles chegaram na casa de Angelica, Alex foi até a porta e a abriu para ela. Do lado de dentro, Alex a puxou para perto e a beijou. Quando ele se afastou, ele segurou o rosto dela gentilmente em suas mãos. Ele olhou nos olhos dela por um momento e, com um suspiro, encostou a testa na dela.

- Eu tenho que ir. Nós dois temos que trabalhar amanhã. Me ligue assim que você sair. Podemos nos encontrar e comer alguma coisa. - ele tornou a beijá-la suavemente e a abraçou por um minuto.

Ele se afastou com relutância e saiu pela porta. Ele olhou de volta para ela que estava lá parada olhando para ele.

- Tranque a porta. - ele disse.

Angelica atendeu o pedido de Alex e trancou a porta. Ela ouviu o carro dele ligar e ir embora. Ela se virou com um sorriso e se dirigiu às escadas. Ela abraçou sua felicidade enquanto cantava suavemente. Sua vida estava indo muito bem. Ela tinha alguns parentes para conhecer, um emprego e um homem maravilhoso interessado nela.

Angelica acionou o despertador antes de se deitar, pois ela não queria se atrasar em seu primeiro dia de trabalho.

7

O telefone despertou Angelica de um sono profundo bem cedo na manhã seguinte. Ela tateou sobre o criado-mudo até achar o seu celular.

- Alô?

- Alô, me desculpe se te acordei. Eu só queria te desejar boa sorte no seu primeiro dia na galeria de arte. É que eu queria te ligar antes de eu sair para o hospital.

- Que horas são Alex? - ela olhou em volta procurando pelo seu despertador.

Ela o viu no chão ao lado da cama. Ela deve ter derrubado quando ele despertou.

- São seis e meia.

- Ah, que bom que você me ligou! Eu devo ter desligado o despertador e voltado a dormir. Fico feliz em poder te dar bom dia!

- Bom dia! Você tem bastante tempo. Respire fundo, vai dar tudo certo. Me ligue quando você sair da galeria. Você me prometeu que iríamos comer alguma coisa para comemorar o seu primeiro dia de trabalho. - Alex sorriu esperançosamente para si mesmo.

- Eu vou adorar comemorar com você! - concordou Angelica com um sorriso - É melhor eu levantar e começar a me arrumar. Obrigada por me ligar. Você ajudou a começar bem o meu dia.

- Conversar com você é a melhor maneira de começar o meu dia também, exceto pelo fato de te abraçar e ganhar um beijo de bom dia. E é melhor eu ir para o hospital, vejo você mais tarde! - Alex desligou o telefone com relutância.

Ele deu um suspiro enorme, mas nada poderia tirar o sorriso de seu rosto. Angelica estava destinada a ele e ele iria garantir que nada e nem ninguém os impedisse de ficarem juntos.

Angelica também sorria quando desligou o telefone. Ela correu para a cozinha e ligou a cafeteira enquanto tomava banho e se vestia.

Ela tomou banho, se vestiu e comeu um bagel com requeijão no qual ela desfrutou junto de uma xícara de café fresco. Eram sete e meia quando Angelica estava pronta e decidiu ir para a galeria de arte. Ela não sabia como seria o tráfego, mas ela preferia chegar mais cedo do que atrasada. Eram oito e dez quando ela parou em uma vaga de um estacionamento ao lado da galeria. Ela foi até a porta dos fundos e bateu assim como a Melanie havia lhe dito para fazer.

A porta foi aberta por uma mulher jovem que sorriu para Angelica e fez um sinal para que ela entrasse para que ela pudesse fechar a porta.

- Olá, - ela cumprimentou e estendeu a mão - você deve ser a Angelica. Melanie me disse para eu te esperar. Eu sou a Cindy.

- Sim, sou eu! - Angelica apertou a mão dela e lhe deu um grande sorriso em troca.

- A Melanie e o Frank ainda não chegaram, mas em breve estarão aqui. Vamos, vou lhe mostrar a sala mais importante da galeria. - Cindy disse rindo.

Ela liderou o caminho até a sala de convívio e as duas garotas riram quando entraram nela.

- Agora eu entendi o motivo de ela ser tão importante. - Angelica concordou.

- Às vezes ela pode ser a nossa salvação. - Cindy afirmou sorrindo novamente.

A porta dos fundos se abriu e elas ouviram vozes se aproximando. Melanie e seu marido entraram na sala. Melanie riu e disse:

- Vejo que a Cindy já lhe mostrou a nossa sala mais importante. - ela estendeu a mão para Angelica e se virou para seu marido - Esta é a jovem da qual eu estava te falando. Angelica, este é meu marido Frank Mason. Frank, diga olá para a nossa mais nova funcionária, Angelica Black.

- Olá Angelica. É muito legal da sua parte querer se juntar a nós na galeria. Espero que você goste de trabalhar aqui. - ele estendeu a mão e sorriu para ela.

Angelica apertou a mão dele e sorriu de volta.

- Tenho certeza de que gostarei senhor Mason!

Frank balançou a cabeça e disse:

- Me chame de Frank, somos bem informais aqui. Acho que você vai se adaptar bem à nossa família. Tem um trabalho que eu preciso ver. - e se virou para a Melanie - Vejo você mais tarde querida. - e com um aceno, ele foi para o seu escritório.

Depois que Frank saiu, Cindy levou sua xícara de café até a pia, se virou para ir embora e disse:

- Tenho algumas caixas para desempacotar, então vejo vocês mais tarde. Bem-vinda a bordo Angelica!

- Obrigada, tenho certeza de que serei feliz aqui.

Melanie sorriu para Angelica e perguntou:

- Pronta para começar?

Angelica se levantou e se juntou a ela na porta.

- Estou pronta!

Melanie mostrou o caminho. Ela abriu rapidamente a porta da sala dos fundos onde Cindy estava trabalhando.

- É aqui que tudo é catalogado antes de ser colocado para venda. - ela fechou a porta sem incomodar Cindy e continuou pelo corredor - A próxima sala é o escritório do Frank, do outro lado do corredor é o lavabo e o banheiro, e a sala de convívio você já conheceu. - ela passou por uma porta dupla até a parte principal da galeria - É a Cindy quem arruma a maioria das vitrines. Ela sempre sabe a melhor maneira em como arrumar os nossos produtos para exposição. A caixa registradora fica atrás do balcão, e temos um recanto ao lado para as pessoas sentarem e tomarem chá ou água. É uma novidade e acabou ficado bem popular. A maioria dos artigos da galeria tem um código carimbado na parte inferior que quando passados pelo leitor, o preço nos é informado.

- Que ideia legal!

Melanie olhou para ela com curiosidade e perguntou:

- Você nunca viu um leitor antes?

- Não, nunca! Como eu te disse, eu nunca trabalhei, mas eu aprendo rápido. - Angelica disse de forma séria, pois temia que a oferta de emprego pudesse ser retirada.

Melanie de um tapinha na mão dela e a confortou:

- Nós a atualizaremos rapidinho! Vamos, vou lhe ensinar a usar a caixa registradora. - ela foi na frente até o balcão e explicou como usá-la - Não se preocupe, se você tiver dúvidas ou precisar de ajuda, eu estarei aqui hoje. Te ajudarei até você se sentir mais confortável com tudo.

- Obrigada. - Angelica agradeceu.

O sino em cima da porta soou quando os primeiros clientes

do dia entraram. Angelica sorriu para as duas senhoras idosas que entraram e se dirigiram ao recanto.

Melanie as cumprimentou pelo nome e se virou para apresentá-las a Angelica.

- Angelica, estas senhoras são duas de nossas melhores clientes. Elas vêm aqui desde que abrimos a galeria. São Sally Reynolds e Grace O'Malley. Senhoras, esta é a Angelica Black. Ela concordou em se juntar à nossa família aqui da galeria.

Elas e Angelica sorriram e se cumprimentaram.

- Se houver algo em que eu possa ajudá-las, é só me chamarem. - Angelica disse.

As senhoras concordaram e levaram o chá com elas quando começaram a olhar a galeria. Eles conversavam em voz baixa enquanto olhavam os produtos. Depois de um tempo, elas foram em direção à caixa registradora. Cada uma havia encontrado uma estatueta de anjo para comprar. Melanie havia ficado por perto para poder ajudar Angelica se ela precisasse de ajuda. Angelica pegou a primeira estatueta e a passou no leitor como Melanie havia lhe mostrado.

- É separado ou junto? - ela perguntou.

- Junto. - Sally disse - Nós acertaremos uma com a outra depois. - ela sorriu para Grace que respondeu com um sorriso.

Angelica passou a outra estatueta no leitor e informou o total. Sally pegou seu cartão de débito e o passou na máquina ao lado da caixa registradora. Ela digitou a senha e apertou o botão enter. Angelica olhou para a caixa registradora e nela dizia "Transação Aceita, Venda Concluída" e um recibo foi impresso. Ela destacou o recibo e entregou a Sally.

- Muito obrigada por comprarem na galeria. - ela disse sorrindo.

As senhoras pegaram suas bolsas, deixaram seus copos em cima do balcão e saíram pela porta da frente.

Melanie riu e comentou:

- Essas duas sempre deixam seus copos no balcão. Você se saiu muito bem! - ela assegurou Angelica, pegou os copos de cima do balcão e os levou para a sala de convívio para que fossem lavados.

Angelica suspirou e sorriu satisfeita. Ela tinha sobrevivido à sua primeira venda. Ela iria gostar daquele emprego.

Quando Melanie voltou para a frente, ela levava alguns papéis com ela. Ela os entregou para Angelica.

- Estes são os papéis dos quais eu havia lhe falado. Você pode preenchê-los quando tiver tempo e devolvê-los para mim antes de você ir embora. Não tem muito a ser preenchido. Trata-se essencialmente de nome, endereço, número da previdência social e dependentes.

- Ok, irei preenchê-los.

Como não havia clientes na loja, ela pegou os papéis e começou a preenchê-los. Como Melanie havia dito, eles não eram complicados e ela logo terminou e os levou para Melanie.

- Que rápido! - Melanie disse.

- Sim, como você mesma disse, eles são bem simples. - Angelica concordou.

Melanie pegou os papéis e os levou para o escritório.

- Eu vou ajudar a Cindy lá nos fundos um pouco. Se você precisar de ajuda é só chamar. - Melanie sorriu e saiu após Angelica concordar.

O sino soou novamente e ao olhar para a porta, Angelica viu mais duas mulheres entrarem. Uma era de meia-idade e a outra parecia ser uma adolescente. Você conseguia notar suas heranças nativas só de olhar para elas.

- Olá! - Angelica as cumprimentou com um sorriso - Precisando de ajuda é só me chamarem.

Elas sorriram, mas não disseram nada enquanto olhavam em volta. A menina mais nova ficava olhando para Angelica e sempre que Angelica olhava para ela, ela olhava para o outro lado rapidamente. A mais velha encontrou um item e foi até o caixa. Ela colocou uma caixa de rapé esmaltada no balcão e esperou que Angelica a registrasse.

Angelica passou o artigo no leitor e, ao olhar para a garota mais jovem, ficou surpresa ao ver lágrimas em seus olhos e perguntou:

- O que você tem?

A mulher mais velha olhou para a mais nova e suspirou.

- Me desculpe. Little Elk está chateada desde que descobriu sobre a mudança do nome do pai. Ela não quer ter o nome alterado, pois as outras crianças estão tirando sarro dela. Ver você fez ela se lembrar disso, e ela é jovem e não consegue controlar muito bem as emoções.

- Ela é a filha do Laughing Elk? - Angelica bisbilhotou.

- Sim, e eu sou a Standing Elk, irmã dele. Existe alguma maneira de as crianças manterem os seus nomes? Os nomes delas precisam ser trocados assim como o de seus pais?

- Eu não sei, mas vou descobrir. - ela sorriu para a Little Elk - Eu te aviso assim que eu souber de alguma coisa.

- Obrigada! - Little Elk agradeceu timidamente.

Standing Elk pegou o pacote e as duas deixaram a galeria.

- Moon Walking, eu preciso de você! - Angelica pensou.

- Vejo você na sua casa depois do trabalho. - Moon Walking respondeu na mente de Angelica.

Angelica olhou em volta assustada e balançou a cabeça. Agora ela estava ouvindo coisas.

Logo ela estava ocupada, pois ela teve um fluxo constante de clientes a manhã toda. Ao meio-dia e meia Melanie foi ajudá-la.

- Você tem se saído muito bem! Todas as vezes que eu vinha aqui espiar você estava ocupada. Acho que todo mundo queria dar uma olhada na garota nova. Vemos você amanhã, tenha um bom descanso!

Melanie a acompanhou até à porta do fundo e a trancou assim que Angelica saiu.

Angelica voltou para casa. Ela estava cansada, mas se sentia bem, pois estava feliz com tudo o que tinha conseguido. Ela não ficou surpresa ao ver Moon Walking esperando por ela sentada no balanço de sua varanda. Angelica correu de seu carro até a varanda, a abraçou e sentou-se ao lado dela.

- Diga-me o que é tão urgente.

- A filha e o filho do Stripped Weasel precisam mudar seus nomes também?

Moon Walking pareceu pensativa e perguntou:

- Você conheceu a filha do Stripped Weasel?

- Sim, e ela estava bem chateada.

Moon Walking suspirou e disse:

- Não há razão para ela ficar chateada. Eu vou falar com ela. Os nomes das crianças não serão mudados, e a mudança de nome do Stripped Weasel não é permanente. Isso só foi para ensinar uma lição a ele. O conselho achou que teria mais impacto se ele não soubesse que duraria apenas três meses.

Angelica sorriu, deu um grande suspiro de alívio e disse:

- Que bom! Estou tão feliz! Não quero que mais ninguém fique triste.

ngelica olhou para Moon Walking curiosa, e ela a olhou de volta, sorriu e perguntou:

- Tem alguma coisa errada?

- Bem, é que eu estava pensando em uma coisa.

- Em que você estava pensando? - Moon Walking perguntou pacientemente.

- Quando eu estava na galeria, depois de falar com a filha do Laughing Elk, eu estava pensando sobre precisar falar com você, e eu achei que ouvi a sua resposta na minha cabeça. - Angelica fez uma pausa e olhou para ela ansiosa.

Moon Walking sorriu e respondeu:

- Mas é claro que você me ouviu, assim como eu te ouvi quando você disse que precisava da minha ajuda. Eu sempre tive essa capacidade e parece que você também tem. Você também pode ouvir outras pessoas, é só uma questão de prática. É uma habilidade muito conveniente! - Moon Walking sorriu para Angelica e gentilmente afagou sua mão.

- Não sei se quero ouvir os pensamentos das outras pessoas, exceto talvez os do Alex. Pode ser bom poder se comunicar com ele dessa maneira. - Angelica balançou a cabeça pensativa.

Moon Walking riu baixinho e concordou:

- Sim, ser capaz de ouvir na mente a voz da pessoa que ama é muito bom!

Angelica pareceu assustada e protestou:

- Somos só amigos! Não estamos em um relacionamento.

Moon Walking afagou a mão dela novamente e sorriu.

- Mas logo estarão! - Moon Walking garantiu e foi em direção à porta.

Quando Angelica superou o espanto por causa da última declaração de Moon Walking, ela correu para vê-la sair e se despedir.

Angelica ligou para Alex assim que Moon Walking foi embora. Ela havia prometido ligar para ele assim que saísse do trabalho, mas ela precisava falar com a Moon Walking primeiro.

- Alô? - Alex atendeu.

- Oi!

- Você ainda está na galeria?

- Não, eu precisei falar com a Moon Walking. Ela estava aqui em casa me esperando. - Angelica fez uma pausa e esperou que ele falasse.

- Você está bem para sair? Não está se sentindo cansada?

- Não estou nem um pouco cansada. Mal posso esperar para te ver! - ela garantiu.

Alex suspirou aliviado.

- Estou com saudades. Parece uma eternidade desde a última vez em que você esteve em meus braços. Preciso ver mais um paciente e em mais ou menos vinte minutos estarei aí.

Angelica sorriu.

- Estarei esperando. - ela desligou o telefone e correu para tirar a roupa de trabalho e se arrumar.

Quando Alex chegou, ela correu para abrir a porta. Ela aninhou-se em seus braços, ele a puxou para perto e a beijou. Angelica retribuiu intensificando o beijo e, quando ela finalmente se afastou, ela respirou fundo. Alex a abraçou e tentou controlar sua respiração também. Ele se inclinou um pouco para trás e olhou para ela.

- Você está muito linda! - ele sussurrou e a puxou para perto novamente - Tem alguma ideia do que você gostaria de comer?

- Tanto faz, eu só quero estar em sua companhia.

- Tem um café na reserva que serve comida indiana autêntica. - ele sorriu e se inclinou para lhe dar um selinho.

Angelica suspirou.

- É uma ótima ideia. Eu não como comida indiana há uns vinte anos! - ela disse e caiu na gargalhada.

Alex riu junto e concordou:

- Combinado, vamos ver o que estão servindo hoje.

Relutante, ele a afastou de seus braços e a acompanhou até o carro. O café não ficava muito longe. O estacionamento tinha uma boa quantidade de carros, mas não estava superlotado. Alex encontrou uma boa vaga e ajudou Angelica a sair do carro. Ele segurou a mão dela enquanto a acompanhava até a entrada do café. Houve vários cumprimentos das pessoas sentadas nas mesas. Alex acenou com a mão e com a cabeça para a maioria das pessoas, mas não parou para falar com ninguém enquanto guiava Angelica para uma mesa. Eles se sentaram e esperaram a garçonete anotar seus pedidos e sair apressada para pegar as bebidas.

- Como foi o seu primeiro dia de trabalho? - Alex perguntou.

- Foi divertido! - Angelica respondeu entusiasmada - Aprendi muita coisa e todo mundo foi bem legal comigo. Estou muito feliz por ter encontrado esse emprego. Ele é perfeito para mim!

Alex sorriu ao ver o entusiasmo dela.

- Eu também acho que ele é perfeito para você. - ele concordou.

Eles ficaram sentados olhando nos olhos um do outro até serem interrompidos pela garçonete com a comida. Todos pareciam sentir que eles queriam ficar sozinhos, então eles não foram incomodados. Eles saborearam a comida e curtiram a companhia um do outro. Angelica olhou para o relógio e suspirou quando viu quanto tempo havia se passado enquanto eles ficaram sentados comendo e conversando.

- Vamos ter que ir. Preciso dormir um pouco para que eu possa acordar cedo amanhã. Não quero desligar o alarme novamente. - ela riu baixinho.

- É verdade. - Alex concordou - Eu sei que você precisa descansar, mas eu não me importo em ser o seu despertador. Conversar com você logo pela manhã faz com que o meu dia comece melhor. - ele disse, apertou a mão dela e olhou profundamente em seus olhos.

Alex se levantou e deixou uma quantia em dinheiro na mesa antes de contorná-la para ajudar Angelica a se levantar. Eles sorriram e acenaram para algumas pessoas enquanto saíam, mas eles não pararam para conversar com ninguém. Depois de uma sessão de beijos na porta da frente da casa de Angelica, Alex relutantemente desejou boa noite e foi embora. Angelica sorriu e subiu as escadas para se preparar para dormir. O telefone tocou assim que ela se deitou.

- Oi Alex!

- Como você sabia que era eu?

- E quem mais seria? - ela perguntou e sorriu.

- Eu só queria te desejar boa noite.

- Boa noite Alex. - ela sussurrou - Sinto falta dos seus braços em volta do meu corpo.

- Eu também sinto. Eu te ligo amanhã cedo. Boa noite!

Ambos desligaram o telefone com relutância e se prepararam para dormir.

~

Os próximos dias foram bem agitados para Angelica, mas ela estava gostando muito do seu emprego. Melanie estava confiando mais nela e começou a tirar um tempo livre para trabalhar nos preparativos do casamento da Valerie e do Marcus. Estava chegando a hora do casamento e todos estavam empolgados. Angelica se ofereceu para ajudar, mas Melanie garantiu que mantendo a galeria funcionando, ela já estava sendo de grande ajuda.

Angelica e Alex ficavam juntos sempre que podiam. Quando Alex estava livre do hospital, a primeira coisa que ele fazia era ligar para ela. Eles passavam muito tempo na casa um do outro, pois eles queriam ficar sozinhos para se conhecerem melhor. Às vezes as sessões de beijos ficavam quentes, e outras vezes eles apenas ficavam abraçados conversando no sofá.

Moon Walking foi à casa de Angelica várias vezes. As duas estavam trabalhando nos detalhes de um novo complexo esportivo para os jovens usarem durante e depois da escola. O projeto estava indo muito bem e Angelica ficara muito satisfeita com ele. Ele seria dedicado à sua mãe e se chamaria Complexo Esportivo Shining Star.

Finalmente os planos para o complexo ficaram prontos e a inauguração da obra era em dois dias. Alex tirou o dia de folga do hospital para estar lá e Angelica disse à Melanie que ela também precisava do dia de folga para comparecer, e ela ficou surpresa quando Melanie e Frank decidiram participar da inauguração.

- Você faz parte da nossa família. É claro que estaremos lá! - Melanie disse e deu um abraço em Angelica - É muito bom poder ajudar os jovens, e sei que sua mãe ficaria muito orgulhosa em ter o nome dela no novo complexo.

- Eu também acho! - Angelica concordou com os olhos marejados por conter as lágrimas.

Melanie a abraçou novamente e saiu correndo para ajudar nos preparativos do casamento.

Angelica sorriu e virou-se para ajudar um cliente.

9

O dia da inauguração havia chegado, e os anciões tribais estavam lá assim como o prefeito e o conselho da cidade vindo de Rolling Fork. O jornal da cidade estava cobrindo o evento e muitas pessoas da comunidade estavam lá como os avós, a tia e muitos primos de Angelica. Quando Angelica e Alex chegaram, eles se dirigiram até o local da escavação. Entregaram uma pá para Angelica e, após observá-la, ela olhou para Alex que sorriu e disse:

- As primeiras pás de terra são simbólicas.

Todo mundo estava olhando para Angelica como se esperassem que ela dissesse alguma coisa. Moon Walking chegou e deu um tapinha no ombro dela para encorajá-la e por fim ela pigarreou antes de se pronunciar:

- Olá pessoal, quero agradecer a todos vocês por estarem aqui hoje para apoiar a construção do Complexo Esportivo Shining Star. Sei que minha mãe ficaria muito orgulhosa em ver que um complexo que ajuda os jovens leva o seu nome. Então, em nome da Shining Star e para toda a comunidade nativa, eu inauguro as obras do novo complexo.

Sendo a primeira, Angelica cavou e atirou a terra. Os outros que estavam em pé ao redor rapidamente fizeram o mesmo. Todos começaram a se aproximar para apertar a mão de Angelica e agradecê-la por ajudar a comunidade.

Angelica sorriu para todos e agradeceu um por um por terem comparecido. Quando chegou a vez do Frank e da Melanie, ela os abraçou e os agradeceu por eles terem comparecido. Angelica ficou feliz em ver a multidão se dissipando, e então se virou para Alex e Moon Walking sorrindo e perguntou:

- Tudo bem se formos agora?

Moon Walking apertou a mão dela e concordou que eles poderiam ir. Os três começaram a ir em direção ao carro de Alex e, quando eles chegaram lá, Moon Walking disse que tinha um assunto para resolver, deu um abraço em cada um e foi embora.

- Acho que a Moon Walking aprova a nossa união. - Alex disse - Ela parece muito satisfeita.

- Ela está feliz com o complexo novo, pois ela se preocupa com os jovens da reserva. Às vezes a vida pode ser dura para eles.

- Sim, é verdade. Mas eu ainda acho que ela está feliz em ver que estamos juntos.

- Eu também estou! Estou muito feliz por termos nos encontrado.

- Eu também! - Alex concordou, pegou a mão dela e a apertou - Você tem o resto do dia de folga, o que você acha da gente ir conhecer o restaurante Bantam Rooster no shopping?

- Acho ótimo! Eu nunca fui lá, mas eu escutei algumas garotas falando sobre ele quando estavam fazendo compras na galeria, e elas só tinham coisas boas a dizer sobre o restaurante.

- É um restaurante agradável. Então vamos lá conhecê-lo!

Ele entrou no estacionamento do shopping e encontrou uma vaga perto do restaurante. Ele ajudou Angelica a sair do carro e eles caminharam abraçados até o Bantam Rooster. Chegando lá, Alex avistou uma mesa vazia ao lado de uma janela e conduziu Angelica até ela.

Assim que eles se sentaram a garçonete chegou para atendê-los.

- Olá doutor Steel. Em que posso servi-lo? - ela perguntou.

- Olá Dianne, vamos querer gumbo e chá gelado. Tudo bem para você? - ele perguntou virando-se para Angelica.

- Sim, eu quero experimentar o gumbo desde que eu ouvi falar. - Angelica concordou.

- Já trago o pedido de vocês. - a garçonete disse e saiu.

Em pouco tempo a garçonete voltou carregando uma bandeja com duas tigelas grandes de gumbo e dois copos de chá.

- Bom apetite! - ela disse enquanto saía.

- Muito obrigado! - Alex agradeceu enquanto ele e Angelica começaram a tomar suas sopas.

- Nossa, isso é muito bom! - Angelica disse saboreando seu gumbo.

- É sim! - Alex concordou enquanto dava mais uma colherada em sua sopa.

Eles não conversaram muito enquanto saboreavam a refeição.

Angelica recostou-se e suspirou.

- Não consigo comer mais nada. Estava muito bom! Comi demais! - ela disse e riu baixinho.

Alex riu com ela e também se recostou na cadeira.

- Eu sei o que você quer dizer. Estou cheio. Uma razão pela qual não venho aqui com muita frequência é que não quero parar de comer. Às vezes há uma longa fila de pessoas esperando para entrar aqui, pois o gumbo é muito popular.

- É completamente compreensível! - Angelica concordou.

- Já podemos ir? Podemos passear pelo shopping enquanto faz a nossa digestão. - Alex sugeriu.

- Claro, eu adoro passear no shopping! - Angelica disse com entusiasmo.

Alex deixou uma quantia em dinheiro em cima da mesa e pegou a mão de Angelica. Eles passearam pelo shopping olhando os expositores e analisando as diferentes lojas. Havia muitas lojas que Angelica nunca tinha visto antes.

- Ainda tenho muito o que aprender sobre os tempos atuais. - ela observou.

- Calma, não tenha pressa. Eu estou ao seu lado sempre que precisar de ajuda ou se não entender alguma coisa. - Alex a assegurou.

Angelica se aconchegou para mais perto dele. Ela se sentia muito segura quando estava com ele.

Eles passearam mais um pouco e então decidiram ir para a casa dela para assistir a um filme.

Quando eles chegaram na casa dela, Angelica foi fazer pipoca e chá gelado. Alex pegou a sacola de filmes que ele havia levado e começou a examiná-los. Quando Angelica entrou na sala com a pipoca e o chá, ela olhou curiosa para os filmes. Alex tinha espalhado alguns deles em cima da mesa em frente ao sofá.

Angelica sorriu para a coleção e comentou:

- Você deve assistir muitos filmes!

- Alguns. Eu coleciono eles há anos. Há algo em particular que você gostaria de assistir?

Angelica colocou a pipoca e o chá em cima da mesa e começou a vasculhar a pilha de filmes. Alex enfiou a mão na tigela grande de pipoca e se serviu de uma mão cheia.

- Hmmm, isso é bom! - ele disse enquanto saboreava.

Angelica sorriu e lhe entregou o filme que havia escolhido.

- Acho que esse deve ser bom.

Alex olhou para o filme que ela lhe entregara, era *"A Princesa Prometida"* e concordou:

- Ok!

Alex colocou o DVD no aparelho e ligou a televisão. Ele voltou para o sofá e sentou-se ao lado dela. Ele arrumou a pipoca e o chá onde cada um deles pudesse alcançá-los, e então se recostou no sofá passando o braço em volta dela e apertou o play do controle remoto.

Quando o filme terminou, Angelica se inclinou para trás ficando mais perto de Alex e suspirou.

- Gostei muito desse filme!

- Eu percebi! - ele disse dando risada - Por várias vezes eu pensei que você iria começar a dizer aos atores para pararem de fazer asneiras e se resolverem logo.

Angelica riu.

- Eu fico bem emotiva quando assisto filmes.

- Eu não me importo. Eu gosto de ver você expressando os seus sentimentos. É revigorante. Muitas garotas hoje em dia escondem seus sentimentos e você não sabe o que elas estão sentindo ou pensando.

- Bom, eu consigo esconder os meus sentimentos das outras pessoas, mas nunca de você.

Alex se inclinou para um beijo e Angelica já estava pronta, pois ela já estava esperando por isso há algum tempo. Ela se aconchegou para mais perto dele e o beijou de volta. Eles se beijaram por vários minutos e apenas pararam rapidamente para respirar. E, quando estavam começando a se beijar novamente o celular de Alex tocou.

Alex encostou-se no sofá com um suspiro e pressionou sua testa na dela por um minuto.

- Eu tenho que ir. O hospital não me ligaria se não fosse importante. - ele disse com um suspiro.

- Eu sei.

Alex pegou o celular e ligou para o hospital. Depois de conversar com eles, ele desligou e puxou Angelica para perto.

- Houve um acidente grave na rodovia. Alguns adolescentes estavam fazendo racha e o hospital está chamando todo mundo. Eu tenho que ir. - Alex odiava ter que se despedir de Angelica.

- É claro que você tem que ir. Me ligue quando puder. Vá salvar vidas! - ela o apressou em direção à porta e eles deram um selinho de despedida.

Angelica encostou as costas na porta trancada e suspirou. *"Esta é a vida de um médico importante, mas ele vale a pena todas as interrupções"*, ela pensou e foi arrumar a sala e guardar o filme.

10

No dia seguinte, Angelica estava olhando pela janela da frente da galeria quando um carro com um motorista particular estacionou na frente da loja. O motorista saiu do carro e correu para abrir a porta traseira. A outra porta traseira se abriu como se a pessoa estivesse impaciente com a espera. Uma mulher mais velha saiu com a ajuda do motorista e uma jovem e um homem saíram sozinhos.

A mulher mais velha falou rapidamente com o motorista e ele se virou para ir embora, e então os três começaram a caminhar em direção à galeria.

Os dois mais novos estavam de mãos dadas e caminhavam bem perto um do outro. Era como se eles não conseguissem ficar sem se tocar. A jovem sorriu para o homem. Era lindo de se ver. Angelica podia ver o quanto os dois estavam apaixonados.

A jovem sorriu quando entrou na galeria e olhou em volta.

- Onde está todo mundo? - ela perguntou.

- A Melanie e a Cindy estão trabalhando na sala dos fundos. - Angelica respondeu.

Antes que alguém pudesse dizer mais alguma coisa, Melanie e Cindy surgiram dos fundos da galeria.

- Valerie! - Melanie exclamou e correu para dar um abraço em sua filha e em Marcus.

Cindy recebeu Valerie calorosamente. Melanie então se virou para a senhora mais velha e a abraçou também.

- Emily, estou tão feliz que eles te trouxeram! - ela disse.

Valerie riu e disse:

- Na verdade, ela que nos trouxe em sua limusine.

Dessa vez foi Melanie quem riu.

- Estou muito feliz que todos vocês estejam aqui. Temos apenas mais duas semanas para o casamento e eu quero a sua opinião com relação aos arranjos.

- Mamãe, eu sei que você tem tudo em mais perfeita ordem, mas eu não estou preocupada com isso. Eu só queria ver você e o papai. Onde ele está?

- Ele está no escritório dele. Eu vou chamá-lo, mas antes eu quero que você conheça Angelica. Ela se tornou um membro importante da família da galeria. Vocês duas fiquem aqui conversando enquanto eu vou chamar o seu pai.

Valerie foi até Angelica e lhe deu um abraço e, assustada, Angelica a abraçou de volta.

- Muito obrigada! Estou muito feliz que você esteja trabalhando aqui porque assim minha mãe tem tempo para trabalhar em meu casamento. Eu estava preocupada que ela estivesse exagerando, mas ela me disse que você tem sido de grande ajuda. - Valerie disse de forma sincera.

- Eu gosto de trabalhar aqui, todo mundo é muito legal comigo.

- É claro que são, eles adoram ter você por perto, pois você se encaixa perfeitamente. - Valerie assegurou Angelica.

- Valerie! - Frank a chamou quando ele saiu de seu escritório.

- Oi papai! - Valerie disse indo dar um abraço nele.

Marcus se aproximou para cumprimentar Frank com um aperto de mão.

Ao ver Emily, Frank também foi cumprimentá-la:

- Olá Emily! Está gostando da sua estadia em Denton?

- Estou sim! Conheci pessoas muito legais. Eles fizeram com que eu me sentisse em casa. Dana me ajudou a encontrar uma casa. É um lugar adorável. Assim que eu me estabelecer, pretendo convidar você e a Melanie para uma visita.

- A Melanie vai adorar. Sei que ela sente falta de passar um tempo com você. - Frank disse enquanto voltava-se para Valerie - Quanto tempo você vai ficar?

- Nós vamos ficar até amanhã. Marcus só tem alguns dias de folga. - Valerie sorriu para Marcus e apertou sua mão, e ele sorriu de volta e a puxou para mais perto.

Melanie saiu da sala dos fundos carregando uma pilha de livros e foi até Valerie e Marcus.

- Vocês querem dar uma olhada neles aqui ou ir para outro lugar? Poderíamos ir até a cafeteria tomar um café e comer um pão doce enquanto vocês avaliam o que eu providenciei. - Melanie estava decidida a fazer Valerie e Marcus olharem o que ela havia organizado.

Valerie riu e disse:

- Ok mamãe, vá na frente!

Valerie, Marcus, Emily e Frank seguiram Melanie porta afora e atravessaram a rua até a cafeteria.

Angelica sorria enquanto os observava. Todos eles estavam gostando do planejamento e da expectativa do casamento. Um cliente entrou e Angelica voltou ao trabalho. Ela realmente gostava de trabalhar na galeria.

O grupo se acomodou em torno de uma mesa grande. Havia muito espaço para Melanie espalhar seus livros e mostrar a Valerie e Marcus os preparativos que ela havia organizado.

Emily se inclinou para perto e os estudou. Frank recostou-se e sorriu indulgente. Valerie sorria para todos ao redor da mesa. Ela estava muito feliz e muito apaixonada. Ela apertou a mão de Marcus e sorriu para ele. Marcus apertou a mão dela e sorriu também.

- Você gosta dessas flores? - Melanie perguntou - Há muitas cores da primavera e eu achei que elas combinaram muito bem com o esquema de cores.

- Eu amei! - Valerie disse - Elas vão combinar com tudo e me parecem radiantes e alegres. Você não acha Marcus? - Valerie perguntou e olhou para ele esperando sua opinião.

- Eu também amei! Elas são para decorar a igreja? - Marcus perguntou.

- Algumas são para a igreja e outras são para o clube de campo. Eu encomendei o suficiente. - Melanie disse.

- Eles são fantásticas mamãe! E qual bolo que você escolheu? - Valerie perguntou interessada.

- O do noivo é um bolo mármore de chocolate com um enfeite de médico segurando uma maleta em cima. - Melanie afirmou.

- Ah, eu adorei! - Valerie disse enquanto Emily sorria e assentia concordando.

- O bolo da noiva é de quatro camadas com flores ao redor e um enfeite de casal de noivos em cima. A camada superior é de especiarias, a segunda é de laranja, a terceira é de caramelo, e a camada debaixo é de abacaxi.

- Uau! - Valerie disse - Ele ficou deslumbrante com todas essas flores e os sabores são ótimos. Mal posso esperar para cortá-lo!

Marcus concordou sorridente.

- Você se superou Melanie! - Emily disse - Esse bolo parece uma sensação de sabores.

Melanie corou de satisfação com todos os elogios.

- Eu disse a ela que não havia com o que se preocupar porque eu sabia que você iria amar tudo o que ela fizesse. - Frank disse.

- Estou feliz que você esteja aqui para avaliá-los e por você aprovar tudo. - Melanie disse.

- Eu aprovo absolutamente tudo! - Valerie disse - Você fez um ótimo trabalho!

- Vocês encontraram algum lugar para ficar esta noite? - Frank perguntou.

- Podemos ficar na pensão. - Emily disse.

- Que bobagem! - Melanie disse - Temos vários quartos. Vocês todos podem ficar em casa.

- Não queremos incomodar. - Marcus disse.

- Não é incomodo nenhum e está tudo resolvido. Não aceito um "não" como resposta. - Melanie afirmou.

- Sim, senhora! - Marcus concordou com um sorriso.

Melanie estendeu a mão e deu um tapinha na mão dele.

- Vamos avisar as meninas e assim poderemos ir para a casa para acomodar vocês. - Melanie disse assumindo a sua voz de comando.

Todos seguiram Melanie até a galeria e Emily chamou seu motorista para ir buscá-los. Melanie explicou a Angelica que eles estavam indo embora e disse-lhe que se tivesse algum problema, a Cindy estaria lá.

- Nós ficaremos bem. Não se preocupem, aproveitem a visita. - Cindy disse.

- Foi um prazer conhecê-la, Angelica! - Valerie disse quando eles saíam pela porta.

Todos estavam conversando entre si e Valerie e Marcus estavam próximos um do outro. Eles estavam tão apaixonados que tinham que estar em contato físico constante.

Angelica os assistiu enquanto saiam e suspirou.

Cindy olhou para ela e disse:

- Eles são muito inspiradores assim como você e Alex.

Angelica corou um pouco e disse:

- Alex e eu ainda estamos nos conhecendo.

- Então boa sorte para vocês. Só espero um dia ter o que você e Valerie encontraram. É muito raro e precioso! - Cindy se virou e foi para a sala dos fundos e Angelica ficou olhando para ela pensativa.

11

Uma semana depois quando faltavam apenas dez minutos para fechar, o sino da porta tilintou um som agradável. Angelica olhou para cima com um sorriso e ficou surpresa ao ver Stripped Weasel entrando. Ele se aproximou do balcão e sorriu hesitante.

- Olá, Stripped Weasel. Que bom te ver! - Angelica o cumprimentou.

- Olá, Little Flower. Espero que não se importe por eu ter vindo.

- Muito pelo contrário, estou muito feliz por você ter vindo. Eu sempre considerei a nossa amizade. Em que posso ajudar?

- Eu sei que é presunçoso de minha parte perguntar, mas eu não sabia a quem mais recorrer. - Stripped Weasel parecia bem desconfortável.

- Diga-me como posso te ajudar.

- Você se lembra da Rose Blossom? A família dela é vizinha da minha família e Rose estava na mesma série que eu e você na escola. - Stripped Weasel parou e olhou para Angelica curioso.

Angelica pensou por um minuto e respondeu:

- Sim, eu me lembro dela. Nós não éramos amigas íntimas, mas a gente se dava bem.

- Rose se casou com um homem chamado Gary Long. Ele era branco e eles moravam aqui na cidade. Eu era amigo dos dois e eles estavam muito felizes com os seus dois filhos. Gary trabalhava como garçom e seis meses atrás houve uma briga no bar onde ele trabalhava. Alguém jogou uma garrafa que acabou atingindo a cabeça dele e ele morreu na hora.

- Que coisa terrível! - Angelica exclamou.

- Sim, principalmente para a Rose e para as crianças. Eles não tinham muito seguro e a maior parte foi usada para o enterro.

- E por que você está me contando isso? - Angelica perguntou.

- Porque quando Cole, o filho da Rose estava visitando seus avós há alguns dias atrás, eu o vi do lado de fora da casa, e ele me parecia tão triste que eu fui lá conversar com ele. Demorou um pouco, mas ele finalmente me disse o que estava acontecendo. Parece que a Rose está tendo dificuldade em pagar o aluguel da pequena casa em que eles moram, e o proprietário a está perturbando por isso. Ele levou o carro dela por dois meses de aluguel, e Cole ouviu o proprietário dizer a Rose que ela poderia pagar o aluguel com favores sexuais. Ela negou, mas Cole está preocupado com sua mãe. Ele tem apenas doze anos e estava falando em deixar a escola para conseguir um emprego para ajudar em casa. - Stripped Weasel parou para recuperar o fôlego.

- Me dê o endereço dela que eu vou lá conversar com ela. - Angelica entregou um papel e uma caneta para que ele pudesse anotar o endereço.

Ele anotou e devolveu o papel para ela.

Angelica olhou para o endereço e olhou de volta para Stripped Weasel dizendo:

- Esta não é uma parte muito boa da cidade. Acho melhor levar alguém comigo quando eu for vê-la. - Angelica disse pensativa, pegou o telefone e ligou para Alex.

- Oi amor!

- Oi Alex! - Angelica sorriu e perguntou - O que você acha se passarmos para ver uma velha amiga antes de irmos almoçar?

- Eu adoraria. Você quer passar na sua casa antes?

- Não, se você vier me buscar na galeria, podemos ir lá e voltar mais tarde para pegar o meu carro. - Angelica desligou o telefone e começou a fechar a galeria para que ela pudesse ir embora.

- Deixarei você a par do que for acontecer. - ela disse ao Stripped Weasel enquanto o acompanhava até a saída.

Angelica tinha acabado de fechar quando Alex bateu na porta, e ela correu para deixá-lo entrar. Alex a puxou para perto e se inclinou para lhe dar um beijo. Ela o abraçou e o beijou de volta. Ele se afastou e olhou para ela com carinho e perguntou:

- Aonde vamos visitar essa sua amiga?

Angelica contou a ele o que sabia enquanto eles seguiam em direção à casa de Rose, e Alex franziu a testa quando ouviu em como ela estava sendo tratada.

- Muitás de nossas garotas passam por situações ruins quando deixam a reserva. Você tem alguma ideia de como ajudá-la?

- Eu tenho algo em mente, mas eu quero conversar com ela primeiro.

Alex parou em frente a uma casa pobre. O quintal estava bem cuidado, mas nada impedia de que se parecesse pobre. Havia um garoto sentado no degrau da varanda e Alex fez um sinal para ele.

- Olá, eu sou o doutor Steele. - ele se apresentou e estendeu a mão ao garoto.

- Cole Long. - o garoto respondeu apertando a mão dele.

- Cole, você poderia ficar de olho no meu carro enquanto conversamos com sua mãe? Te pago cinco dólares.

Cole olhou-o minuciosamente.

- Olharei seu carro, mas você não precisa me pagar.

Cole os levou até a porta da frente, abriu-a, enfiou a cabeça para dentro da sala e chamou:

- Mãe, tem duas pessoas aqui querendo falar com a senhora.

- Já vou! - uma voz respondeu.

Ao entrar na sala, Rose parou bruscamente quando viu Angelica e Alex.

- Oi Rose, não sei se você se lembra de mim. - Angelica disse.

- Eu me lembro de você! Bem-vinda de volta! Olá doutor Steel.

- Oi Rose! - Alex respondeu.

Rose olhou com curiosidade para os dois e perguntou:

- Por que vocês vieram me visitar?

- O Stripped Weasel me contou sobre o seu marido. Sinto muito pela sua perda. - Angelica pausou pois não sabia como prosseguir.

E então, houve uma batida na porta e Rose foi ver quem era. Ela abriu apenas uma fresta da porta, e a pessoa do lado de fora não pôde ver nem Alex e nem Angelica.

- Oi Rose, você pensou melhor na minha proposta? - ele perguntou.

- A resposta é "não", tal como antes senhor Clark. - Rose respondeu.

- Pelo que vejo, você não tem outra escolha se quiser continuar morando aqui. - Clark disse - Você quer ver seus filhos jogados na rua?

Angelica já tinha ouvido o suficiente, então ela se aproximou, abriu a porta, olhou para o senhor Clark e o cumprimentou:

- Olá, senhor Clark. - e sorriu o seu sorriso mais superior.

- Senhorita Black! - Clark gaguejou - Eu não sabia que você estava aqui.

- Se este é um exemplo em como você negocia os seus alugueis, então acho que você precisa procurar outro emprego. Um que seja mais adequado à sua personalidade. Você tem mais alguma coisa para tratar com a minha governanta?

Ele olhou para Alex e para Angelica como se estivesse encurralado e não soubesse para onde ir, até que finalmente ele olhou para Rose e perguntou:

- Você está se mudando?

- Sim Clark, a Rose está se mudando. Ela sairá da casa na segunda-feira e, se tocarem em alguma coisa dela, a polícia será notificada. Fui clara?

- Sim, senhorita Black! - ele respondeu e saiu rapidamente.

Angelica voltou-se para Rose:

- Me desculpe, eu não tive a chance de perguntar a você primeiro. Você quer ser minha a governanta, não quer? Junto com o emprego vem uma casa pequena de dois quartos e um sótão que pode ser usada como quarto para o Cole. Era a casa de um caseiro e eu tenho três delas. Eu tenho uma casa grande e vou contratar mais gente. Não pretendo que você cuide de tudo sozinha. Então, o que acha? Você quer trabalhar para mim? - Angelica parou para recuperar o fôlego.

Rose riu e respondeu:

- Sim, eu adoraria trabalhar para você!

Angelica sorriu e disse:

- Vai ser ótimo ter você e seus filhos por perto.

Mas Rose parecia preocupada.

- Tem alguma coisa errada? - Angelica perguntou.

- É a minha amiga que mora algumas casas para baixo. Ela está tendo um problema semelhante com o senhor Clark. O marido dela a deixou por uma mulher mais jovem, e ela está lutando para cuidar de seus dois filhos. Nós olhamos os filhos uma da outra. Você disse que iria contratar mais pessoas para ajudar. Você poderia contratá-la para ver como ela se sai?

- Diga a ela para ir à galeria na segunda-feira e falar comigo. Verei o que posso fazer, mas agora, você e seus filhos peguem o que quiserem para levar com vocês. Nós voltaremos e levaremos o resto depois, pois a sua casa está completamente mobilada. Vamos levar vocês até lá e acomodá-los. Eu tenho que passar na galeria para pegar o meu carro e depois mostraremos sua casa nova.

Alex saiu para ficar de olho em seu carro enquanto Cole entrou para pegar suas coisas, e Angelica saiu para falar com ele.

- Você não se importa em ajudar, não é? - ela perguntou.

Alex estendeu a mão e a puxou para perto.

- Eu não me importo nem um pouco. Estou muito orgulhoso de você.

Angelica pareceu surpresa.

- Estou feliz por poder ajudar. Algo tinha que ser feito com relação ao senhor Clark.

- Concordo. Está na hora de ele aprender a manter as calças fechadas.

Angelica riu da franqueza inesperada dele.

- Me desculpe. É que eu odeio quando as pessoas se aproveitam daquelas sobre as quais têm autoridade.

Ela abraçou o braço dele e disse:

- Eu sei. Vou pensar no que pode ser feito em relação a ele.

Eles se viraram quando Rose e seus dois filhos saíram pela porta. Cada um deles carregava uma fronha cheia de coisas. Alex abriu o porta-malas e eles as colocaram lá dentro. Ele então abriu a porta traseira de seu carro e a segurou enquanto Rose, Cole e May entravam.

Angelica liderou o caminho a partir da galeria. Em vez de

seguir o caminho até sua casa, ela virou à direita e seguiu na estrada que passava pela entrada de sua casa. Depois de passar pela garagem, havia um pequeno pomar e, entre a garagem e o pomar, havia três casas. Angelica parou em frente à primeira, saiu do carro e foi cumprimentar Moon Walking que estava esperando na frente da casa. Enquanto ela estava dando um abraço em Moon Walking, Rose e seus filhos saíram do carro de Alex e ficaram olhando ao redor.

Rose tinha lágrimas nos olhos enquanto olhava em volta da casinha acolhedora com suas caixas de flores e persianas coloridas. Angelica abriu a porta e fez sinal para ela, enquanto Alex e Cole foram levar suas coisas. Rose cumprimentou Moon Walking e seguiu Angelica para dentro. Alex e Cole entraram com suas coisas e Angelica mostrou a eles onde colocar as fronhas. Rose e May os seguiram. Eles estavam tão admirados com tudo, que quase não disseram uma palavra. O quarto maior ficou para a Rose, e eles colocaram a May no quarto menor ao lado. Todos subiram as escadas para ver o quarto do sótão. Era um quarto grande e espaçoso equipado com duas camas iguais e uma cômoda. O chão era de madeira, mas havia um tapete grande entre elas. Cole tinha um sorriso tão grande em seu rosto que deixou todos felizes só de olharem para ele.

Eles deixaram Cole em se quarto para que ele pudesse se instalar e voltaram para o andar de baixo. Angelica os levou até a cozinha e mostrou a geladeira bem abastecida graças à Moon Walking.

Angelica mostrou a Rose o telefone e a lista de números em um bloco ao lado do telefone.

- Se você precisar de alguma coisa é só me ligar. Tem um carro que você pode usar, só preciso pegar a chave para você. - ela abriu sua bolsa e tirou cinco notas de cem dólares e as entregou para Rose - Este é o seu salário das duas primeiras semanas. Qualquer comida ou qualquer outra coisa que você precise para a casa, basta pedir a todos que me enviem a conta.

- Quando eu começo a trabalhar?

- Você pode começar na próxima semana depois que terminar de se mudar. Estarei em casa terça-feira, então, chegando lá eu lhe mostrarei tudo. Você vai precisar matricular as crianças na escola segunda-feira. - ela disse e entregou mais duas notas de cem para Rose - Isto é para comprar alguns uniformes, pois elas terão que usar na escola agora.

Angelica foi até a porta e depois de se despedir da Rose e da May, ela, Alex e Moon Walking deixaram a família Long se estabelecer em seu novo lar.

Do lado de fora, Angelica agradeceu Moon Walking:

- Obrigada pela comida! Fico feliz por não precisar ir às compras hoje à noite.

- Fiquei feliz em ajudar. Obrigada por ajudar uma de nossas famílias necessitadas. O jovem garoto Cole será uma bênção no futuro. - Moon Walking se despediu e foi embora.

Angelica e Alex sorriram um para o outro com a declaração enigmática de Moon Walking.

- Vamos para a minha casa. - ela disse.

Alex concordou e cada um foi para o seu carro.

12

Ao chegarem na casa da Angelica, Alex estacionou o carro dela na garagem enquanto ela foi tomar banho antes de saírem para comer.

Ele estava esperando por ela quando ela desceu as escadas e foi direto em seus braços para lhe dar um beijo. Alex a puxou para perto e a beijou intensamente.

Quando eles se afastaram, ambos estavam ofegantes. Alex apertou-a e começou a conduzi-la até a porta. Após ajudar Angelica a entrar no carro, Alex deu a volta nele e ao sentar-se no banco do motorista comentou:

- Acho que me abriu o apetite. O que você gostaria de comer?

- O que você escolher para mim está ótimo. Eu tenho muita coisa para pensar. - Angelica recostou-se no banco e pensou em tudo o que acabara de acontecer.

Eles analisaram a situação do senhor Clark enquanto comiam, mas não conseguiram decidir a melhor maneira de lidar com o problema. Angelica recostou-se na cadeira, olhou para Alex e disse:

- Chega de falar do senhor Clark, quero aproveitar minha noite com você.

Alex sorriu e pegou na mão dela.

- Não importa o que estamos fazendo, eu sempre gosto de estar com você. - ele se inclinou sobre a mesa e a beijou.

- Hmmm... acho que vou querer mais disso de sobremesa!

- Vamos, eu quero ficar a sós com você para eu poder te abraçar.

Angelica sorriu, levantou-se da cadeira e esperou enquanto Alex pagava a conta. Ele passou o braço em volta dela a segurando com firmeza e saíram do restaurante.

Segunda-feira foi um dia agitado. Antes de sair para o trabalho, Angelica levou para a Rose a chave do carro que estava na garagem. A amiga de Rose, Annie Gates, foi até à galeria e depois de conversar com ela, Angelica ofereceu-lhe a casa ao lado da de Rose. Annie passaria pela experiência de três meses, mas Angelica tinha certeza de que ela se adaptaria. Angelica conversou com o prefeito, mas ela ainda estava debatendo sobre como lidar com a situação do senhor Clark.

A galeria estava bem movimentada com toda a agitação do casamento de Valerie. O dia se aproximava rapidamente e Melanie estava muito ocupada com os detalhes de última hora.

Durante seu intervalo, Angelica decidiu parar no banco e conversar com Derrick Bear. Ninguém estava na recepção, então ela bateu na porta do escritório dele.

- Entre! - Derrick respondeu lá de dentro.

Angelica abriu a porta e espiou. Derrick levantou-se rapidamente quando viu que era ela.

- Angelica, que bom te ver! O que posso fazer por você? - ele perguntou.

Ela explicou rapidamente sobre a Rose e o senhor Clark, e também sobre a mudança de casa das duas famílias.

- Eu sei que você tem um detetive particular e eu queria

saber se ele poderia fazer uma investigação para mim. Eu pagarei todas as despesas. É que eu preciso saber tudo sobre o senhor Clark e sua família. Quero saber quem é o dono daquelas casas e o quanto eles querem por elas. - Angelica parou de falar e olhou curiosa para ele.

Derrick sorriu e disse:

- Vou ver o que consigo descobrir.

Ele pegou o telefone, ligou para o seu detetive e lhe passou a informação que Angelica havia acabado de lhe dar. Ele desligou o telefone e sorriu para ela.

- Provavelmente teremos um relatório mais tarde ou amanhã.

Angelica sorriu, se levantou e estendeu a mão para Derrick.

- Obrigada!

Ele apertou a mão dela e disse:

- Se você precisar de qualquer coisa é só me falar. Farei tudo o que eu puder para ajudar.

Angelica sorria novamente enquanto voltava para a galeria e enquanto trabalhava.

Melanie estava na galeria quando Angelica voltou do seu intervalo.

- Olá, como está indo o casamento? - Angelica perguntou.

- Tudo está indo muito bem. Valerie estará aqui na quinta-feira. Ela já está com o vestido e queremos repassar os detalhes de última hora antes de sábado, e o Marcus chegará na sexta-feira. - Melanie fez uma pausa para respirar.

- Parece que tudo já está pronto! - Angelica disse sorrindo.

- Sim, se não houver nenhum problema de última hora, já está tudo pronto.

- Vai vir muita gente?

- Sim, o Marcus convidou vários amigos e conhecidos...

- Eles já têm lugar para ficar?

- Marcus alugou alguns quartos na pensão para todos aqueles que quiserem ficar. Alguns estão vindo apenas para o dia do casamento e irão embora cedo para voltar dirigindo.

- Bom, se precisarem, eu posso hospedar um casal por uma noite.

- É muito gentil da sua parte! - Melanie agradeceu dando-lhe um abraço - Se precisarmos de alguma ajuda eu te aviso. Preciso voltar assim que falar com a Cindy. Ela será a dama de honra.

Melanie correu para a sala dos fundos à procura de Cindy. Depois de conversar com ela, Melanie acenou enquanto saía apressada pela porta dos fundos da galeria, e Angelica foi até lá para verificar se a porta estava trancada.

Angelica sorriu ao pensar no casamento que se aproximava e desejou o melhor para eles. Marcus e Valerie estavam tão apaixonados um pelo outro. Todo mundo sempre se sente bem ao ver alguém tão feliz. Era uma aventura e tanto a que os dois estavam começando juntos.

Angelica pensou em Alex. Eles ficaram muito próximos em um curto período de tempo. Ela sabia que estava apaixonada por ele, ela só tinha que esperar para que ele percebesse que também estava apaixonado. Ela poderia ser paciente, desde que passasse bastante tempo com ele.

Derrick Bear apareceu na galeria um pouco antes da hora de fechar. Ele tinha uma pasta para Angelica.

- Aqui tem todas as informações que você pediu. - ele disse entregando a pasta para ela - Se você precisar de mais alguma coisa, me avise.

- Obrigada por conseguir isso para mim. - ela agradeceu pegando a pasta.

- De nada! - ele disse enquanto saía da galeria.

Angelica enfiou os papéis na bolsa e a guardou para olhá-los mais tarde. Quando Angelica chegou em casa, ela foi tomar um banho antes de ligar para Alex.

- Alô? - Alex atendeu distraidamente.

- Oi, te liguei para avisar que já estou em casa. Você pode vir aqui assim que sair do hospital.

- Angelica! - ele disse mais atento - Estou quase terminando as coisas por aqui. Estarei aí em cerca de uma hora se estiver tudo bem para você.

- Claro, te vejo em uma hora.

Angelica desligou o telefone e pegou a pasta que Derrick Bear havia lhe dado. Ela pegou um copo de chá e sentou-se à mesa para examinar os papéis.

Primeiro havia a informação sobre o senhor Clark. Ele era casado e tinha três filhos. A idade deles variava entre oito e dezesseis anos. Sua esposa trabalhava como zeladora na escola de ensino fundamental. Ele tinha uma casa modesta em um dos loteamentos mais recentes. Ele trabalhava na Sun Properties e recebia o aluguel de três conjuntos habitacionais.

O salário de Clark era generoso, mas quaisquer extras eram pagos com o salário de sua esposa. A família estava confortável, mas eles passariam dificuldades sem o salário dele. Angelica franziu a testa. Ela não queria prejudicar a família dele, mas ele tinha que aprender a parar de assediar as inquilinas.

Alex desligou o celular e voltou sua atenção para a paciente, e se deparou com a enfermeira e os estagiários sorrindo para ele. Até a paciente tinha um sorriso no rosto. Alex ignorou a enfermeira e os internos e sorriu para a paciente.

- Você está indo muito bem senhora Baxter. Provavelmente você poderá ir para casa amanhã. Vou deixar um relaxante muscular prescrito com a enfermeira e venho te ver pela manhã - Alex tranquilizou sua paciente. Ela era uma senhora idosa e ele era muito gentil com ela.

- Obrigada doutor Steele. Te vejo pela manhã. Aproveite a noite com sua jovem. - respondeu a senhora Baxter.

- Obrigado. Aproveitarei sim.

Ele sorriu para sua paciente e saiu do quarto e a enfermeira e os internos o seguiram. Alex entregou o prontuário com as novas ordens à enfermeira, desejou boa noite aos internos e foi para o seu consultório. Em sua sala, ele rapidamente tirou seu jaleco, verificou para ter certeza se tudo estava em ordem e, depois de trancar a porta, seguiu para o estacionamento.

Angelica era muito importante para ele. Ele se perguntava quanto tempo ele deveria esperar para dizer a ela que ele estava apaixonado. Ele estava decidido a pedir ela em casamento muito em breve, mas ele não queria apressá-la e arriscar-se a ser rejeitado.

Alex chegou em sua casa, correu para tomar um banho rápido, vestiu-se e foi para a casa dela. Ele estava ansioso para vê-la e tê-la em seus braços novamente.

Angelica abriu a porta para Alex e foi direto para os seus braços. Ela levantou o rosto para cumprimentá-lo com um beijo. Alex a puxou para mais perto e intensificou o beijo. Quando Alex se afastou e olhou no rosto dela, os dois sorriram um para o outro.

- Senti a sua falta. - Alex disse.

- Eu também senti a sua falta mesmo que a gente tenha se visto ontem à noite.

- Eu sei, é que a cada minuto longe me parece uma eternidade. Eu te amo.

- Eu também te amo. - Angelica disse contemplando os olhos dele.

- Eu não quero te apressar.

- Você não está me apressando. Eu estava ficando impaciente e me perguntando se você estava sentindo o mesmo que eu.

- Você é a pessoa mais importante no mundo para mim. Eu gosto de você. - Alex sussurrou.

- Oh Alex! - Angelica sussurrou e se aproximou para beijá-lo novamente.

Quando eles pararam para recuperar o fôlego, Angelica puxou Alex para a cozinha. A comida estava pronta e a mesa estava posta de forma atrativa. Ela pediu para que ele se sentasse enquanto ela foi buscar o chá gelado.

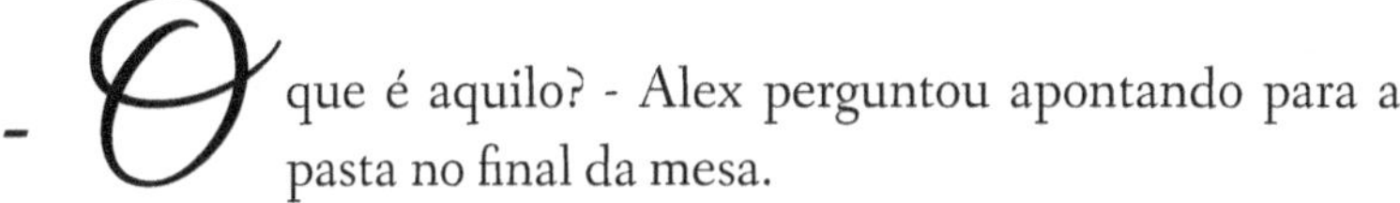

13

— O que é aquilo? - Alex perguntou apontando para a pasta no final da mesa.

- São as informações que Derrick Bear compilou para mim sobre o senhor Clark e o conjunto habitacional. Pedi para ele ver o que ele conseguia descobrir.

- E tem alguma coisa de interessante?

- Eu comecei a ler, mas deixei de lado para preparar o jantar. Pensei que poderíamos olhar juntos depois de comermos.

- Ok. A comida está uma delícia! Obrigado por cozinhar, mas não precisava. Poderíamos ter saído.

- Eu sei, mas eu senti vontade de ficar em casa. Eu não queria ter que compartilhar você com mais ninguém esta noite. - ela disse e apertou a mão dele.

Alex também apertou a mão dela e sorriu. Ele se inclinou para lhe dar um selinho antes de voltar a comer mesmo sem soltar a mão dela.

Depois que terminaram de comer, ele a ajudou a limpar a mesa, a colocar as louças na máquina de lavar louça e voltaram para a mesa para examinar os papéis de Derrick Bear. Angelica entregou o perfil do senhor Clark para Alex.

Alex franziu a testa enquanto lia sobre a família dele.

- Acho que a senhora Clark foi minha paciente. Ela sofreu uma queimadura química acidental do trabalho. Não foi muito grave, ela foi tratada e mandada para casa. Ela parecia uma boa moça. Eu odeio a maneira como o marido a está tratando.

- Eu também odeio, mas deve haver uma maneira de detê-lo sem ferir sua família.

Eles pegaram os outros papéis que falavam sobre os imóveis para locação. Eles estavam prestes a ser interditados, pois estavam em péssimas condições. O departamento de saúde decidiu que eles eram perigosos e que a cidade estava estudando a situação.

O que acontecerá com todas as famílias se as propriedades forem interditadas? - Angelica perguntou.

- A cidade irá despejá-los. Eles podem oferecer moradias alternativas, mas a maioria das famílias não poderá pagar aluguéis mais altos.

- Eu até poderia comprar os imóveis por quase nada. Eu poderia reformar as casas uma de cada vez e mudar as famílias para as casas melhoradas antes de começar nas casas vazias. Você acha que não estou sendo realista em pensar em assumir esse projeto?

- Claro que está! Eu acho que é uma ideia bem viável. Existem alguns empreiteiros na reserva cujo o trabalho tem sido lento. Eles fariam um bom trabalho e ficariam de olho no senhor Clark. Você precisa conversar com alguém da cidade e ver se eles estarão por trás do projeto, pois você não vai querer ser barrada antes de começar.

- Vou ligar para o Derrick amanhã e pedir para que ele faça um acordo com a cidade. Assim que eu tiver o aval dele, vou conversar com a Moon Walking e pedir que ela me recomende algumas empreiteiras. - Angelica fez uma pausa por um instante.

Alex ainda estava olhando os papéis e ficou surpreso enquanto lia os nomes dos proprietários.

- Eu conheço um dos proprietários. Ligo para ele amanhã e falo com ele sobre vender o imóvel para você. Eles devem estar prontos para vender a um preço baixíssimo. Afinal, os imóveis estão prestes a ser interditados. - Alex concluiu seriamente.

- Obrigada, mas você não se importa que eu faça isso, não é? Porque se entrarmos juntos nessa, essa será a sua dor de cabeça também.

Alex passou um braço em volta dela e a puxou para perto.

- Eu te amo, e amo que você esteja tentando melhorar essa situação para tantas pessoas. Eu estarei ao seu lado o tempo todo e tentarei dar o meu melhor em tudo o que você precisar.

Angelica afastou os papéis para o lado e se levantou. Ela sentou no colo de Alex e o abraçou.

- Seremos nós dois o tempo todo. Sem você, a vida não teria sentido. Sem você, eu não teria alegria nessa nova vida que me foi dada. Acredito que fui enviada a você porque estamos destinados a ficar juntos. Eu te amo. Você é a minha outra metade.

Angelica e Alex se beijaram apaixonadamente e após alguns minutos eles pararam para recuperar o fôlego.

- Angelica, você aceita se casar comigo?

- Sim!

Alex enfiou a mão no bolso e tirou uma caixa de anel. Ele a abriu e tirou um lindo anel de safira estrela, e então pegou a mão dela e colocou o anel em seu dedo.

- Oh! - Angelica exclamou - É lindo! Quando que você comprou ele?

- Eu comprei ele alguns dias depois que você voltou do passado. Eu sabia que deveríamos ficar juntos e queria estar preparado.

Angelica se afundou nos braços dele para beijá-lo novamente.

- Moon Walking ficará feliz, pois todas as suas previsões estão se cumprindo. - Alex disse.

- Eu amo ela e amo que ela vai ser minha avó também.

Angelica se inclinou para trás e fechou os olhos:

- Moon Walking, - ela mentalizou - Alex acabou de me pedir em casamento e eu disse sim.

- Que maravilha! - Moon Walking respondeu - Diga a ele que estou feliz por ele estar mostrando tanto bom senso. Bem-vinda à família Little Flower!

Angelica abriu os olhos e sorriu para Alex.

- Moon Walking pediu para eu te dizer que ela está feliz por você estar demostrando bom senso. E ela também me deu boas-vindas à família.

Alex olhou para ela com os olhos arregalados.

- Você consegue se comunicar com ela?

Angelica assentiu com a cabeça.

- Sim, ela disse para eu praticar e que eu seria capaz de me comunicar com você assim também.

Alex sorriu e disse:

- E nós praticaremos! Acho que eu vou amar ser capaz de te ouvir sem que os outros também ouçam.

- Parece divertido! Ninguém vai saber que estamos conversando! - Angelica riu baixinho.

- Por mais que eu odeie ter que me despedir de você, nós dois temos que trabalhar amanhã. - ele a abraçou e a beijou novamente.

Quando o beijo terminou, Angelica se levantou e puxou Alex pela mão.

- Eu não me importo se nós dois temos que trabalhar amanhã. Eu ainda não estou pronta para que esta noite acabe. -

ela disse e o levou até a sala, se sentou no sofá e fez um gesto para que ele se juntasse a ela.

Alex se sentou atrás dela e a puxou para perto. Ele se recostou nas almofadas e a puxou para mais perto de seu corpo a envolvendo em seus braços. Ele descansou o queixo em sua cabeça e apreciou a sensação de tê-la em seus braços.

Angelica aninhou-se nos braços de Alex e deitou o rosto em seu peito. Ela podia ouvir o coração dele batendo que parecia estar um pouco mais rápido que o normal.

- Eu te amo. - ela mentalizou.

- Eu também te amo. - Alex respondeu na mente dela.

Angelica olhou para Alex e sorriu.

- Conseguimos! - ela disse.

- Conseguimos o quê? - ele perguntou.

- Nós nos comunicamos através de nossas mentes!

Alex a olhou surpreso e então sorriu.

- Eu nem percebi que nós não estávamos conversando em voz alta!

Angelica deitou novamente a cabeça no peito dele e se aconchegou.

- Eu sabia que éramos perfeitos juntos. - ela disse.

Alex sorriu e concordou:

- Sim, somos uma combinação perfeita.

ngelica ligou para Derrick Bear antes de ir para o trabalho. Ela tinha o número do celular dele no cartão que ele anexou nos documentos bancários dela. Ela contou a ele sobre o imóvel que estava prestes a ser interditado. Ela perguntou se ele poderia conversar com alguém do departamento da cidade e sondá-los sobre ela comprar os imóveis e reformá-los. Derrick garantiu que faria algumas ligações e que retornaria para ela. Ela agradeceu a ajuda e se apressou para ir trabalhar.

Alex ligou para o homem cujo nome ele reconhecera no documento. Quando eles começaram a falar sobre o imóvel, o homem falou em aumentar o preço dele e Alex o lembrou que ele estava prestes a ser interditado. Ele também disse a ele sobre a boa publicidade que receberiam ao entregar os imóveis à fundação Black. Ele explicou sobre as reformas e sobre ajudar as pessoas a ficarem em casas acessíveis. O homem concordou e disse que conversaria com os outros proprietários, mas que tinha a certeza de que concordariam em entregá-los à fundação Black. A fundação provavelmente teria que pagar apenas os custos de fechamento, os honorários advocatícios e os impostos. Alex agradeceu e desligou o telefone.

Angelica tinha acabado de entrar na galeria quando Alex ligou para ela.

- Oi Alex! Eu já lhe disse hoje o quanto eu amei acordar em seus braços essa manhã?

- Creio que você tenha mencionado isso uma ou duas vezes. - Alex sorriu - Acabei de ligar para um dos donos dos imóveis. Ele precisa conversar com os seus sócios, mas ele acha que eles vão concordar em entregar os imóveis para a fundação Black pelo pagamento de todos os custos de fechamento, honorários advocatícios e impostos.

- Oh Alex! Isso realmente vai dar certo! - Angelica exclamou.

- Tudo indica que sim! Você falou com o Derrick?

- Sim, ele vai falar com uma pessoa e depois vai me retornar.

- Vejo você depois do trabalho. Te amo. - Alex disse.

- Eu também te amo.

- Por que essa animação toda? - Cindy perguntou saindo da sala dos fundos.

Angelica explicou a ela sobre o imóvel e seus planos. Enquanto falava, ela movia as mãos com entusiasmo e Cindy focou o olhar sobre o anel em seu dedo.

- Eu acho ótimo ajudar todas aquelas famílias, mas isso no seu dedo é o que eu estou pensando?

Angelica sorriu e mostrou seu anel para ela.

- Sim, eu e o Alex estamos noivos. Ele me pediu em casamento ontem a noite e eu aceitei.

- Que notícia maravilhosa! Parabéns! - Cindy disse e abraçou Angelica - Eu desejo toda a felicidade do mundo a vocês!

- Obrigada!

Cindy e Angelica viraram-se para a porta quando Melanie entrou seguida por Valerie e Frank. Cindy chamou a atenção deles para o anel de Angelica e houve abraços e felicitações por toda a parte.

Angelica então contou a eles sobre o conjunto habitacional e eles ficaram felizes por alguém estar tentando ajudar as pessoas que lutavam para sobreviver.

- Você não vai nos deixar, vai? - Melanie perguntou - Gosto muito de ter você por perto e você tem feito muito sucesso com os clientes.

- Não, eu adoro trabalhar aqui. Quando as coisas começarem, pode ser que às vezes eu tenha que tirar alguma folga, mas pretendo contratar pessoas competentes para lidar com as coisas para mim.

- Entendi. - Melanie disse - Agora precisamos abrir a galeria e Valerie e eu precisamos trabalhar no casamento.

Ela, Valerie e Frank entraram no escritório depois de parabenizar e abraçar Angelica mais uma vez.

- Eu também preciso trabalhar! - Cindy disse e foi para a sala dos fundos, e Angelica foi abrir a galeria e preparar tudo para começar a atender os clientes.

Parecia que Angelica estava andando nas nuvens de tão feliz que estava. O projeto habitacional estava caminhando bem e ela estava muito apaixonada por Alex. Ela estava tão radiante que os clientes começaram a sorrir de volta para ela. Todos eles pareciam mais felizes ao saírem da galeria e as vendas subiram consideravelmente.

Derrick ligou durante o intervalo de Angelica e confirmou que a cidade estava disposta a seguir com qualquer coisa que a Fundação Black quisesse fazer. Eles até concederiam a condição de isenção de impostos até que as reformas fossem concluídas e, após a conclusão delas, o imóvel receberia uma taxa reduzida de impostos pelos próximos dez anos.

- Uau! - Angelica exclamou - Vou acionar meus advogados hoje para o projeto. Alex conversou com um dos proprietários e provavelmente posso obter os imóveis pelo custo de fechamento, honorários advocatícios e impostos.

- Ótimo! Se eu puder ajudar em alguma coisa me avise.

- Avisarei sim! Muito obrigada por tudo o que você tem feito. Assim que eu fechar com os proprietários falarei com a Moon Walking sobre contratar alguns empreiteiros nativos para as reformas.

- Há bons empreiteiros na reserva. Eles ficarão felizes pelo trabalho e o farão da melhor forma possível.

- Sim, Alex me falou sobre eles. Obrigada por me ligar Derrick, manterei contato. Eu tenho que voltar ao trabalho, pois estou fazendo hora extra para ajudar a Melanie enquanto ela cuida dos preparativos do casamento da Valerie.

- Ok, me avise se tiver mais alguma coisa em que eu possa ajudar.

- Aviso sim. - Angelica respondeu e desligou o celular.

Angelica ligou para Alex e o informou sobre a conversa com Derrick.

- Ótimo! - Alex disse - O proprietário com quem falei acabou de me ligar. Ele disse que os outros proprietários estavam prontos para seguir com o acordo. Tudo está dando certo.

- Vou ligar para os advogados da fundação para eles começarem a trabalhar nisso, pois devemos ter tudo resolvido já no início da próxima semana, e teremos este fim de semana livre para ir ao casamento da Valerie e do Marcus.

- Sim, e então podemos começar a planejar o nosso casamento. Eu não quero um noivado longo pois eu sinto a sua falta.

- Eu também não quero que o nosso noivado seja longo, pois eu também sinto a sua falta quanto não estamos juntos. Afinal, o universo me mandou para você. E quem somos nós para discutir com o universo quando ele decide que é tempo de amar?

Alex sorriu e respondeu:

- Eu nunca contestaria o universo, principalmente quando ele me envia o meu amor.

- Ah, Alex! - Angelica exclamou com lágrimas nos olhos - É melhor eu voltar para o trabalho antes que você me faça chorar. Eu te amo! Te vejo depois do trabalho.

- Tchau amor.

Ambos desligaram e voltaram ao trabalho.

Melanie chegou na hora de fechar e disse a Angelica que eles haviam decidido fechar a galeria até segunda-feira para que pudessem focar somente no casamento. Ela tinha levado uma placa que dizia: "Fechado para o casamento da Valerie. Retornaremos ao horário normal na segunda-feira". Ela pegou a placa e a colocou na janela da frente.

- Tem alguma coisa em que eu possa ajudar? - Angelica perguntou.

- Não, está tudo em ordem. Apenas apareça na igreja às catorze horas do sábado.

- Estarei lá! - Angelica sorriu enquanto pegava sua bolsa e se preparava para sair.

Ela e Melanie saíram pela porta dos fundos. Melanie trancou a porta e cada uma seguiu até o seu carro.

Angelica pegou o telefone e ligou para Alex.

- Oi, a Melanie acabou de colocar uma placa na janela informando que a galeria permanecerá fechada até segunda-feira.

- Que ótimo! Vou ver se consigo alguém para me cobrir amanhã. Eu adoraria passar o final de semana todo com você.

- Seria maravilhoso!

- Vou ver o que eu ainda preciso fazer aqui e te encontro na sua casa assim que eu puder.

- Ok, amo você!

- Eu também te amo. - Alex desligou o celular e foi procurar alguém para cobri-lo no dia seguinte.

15

caminho de casa, Angelica parou na casa de Moon Walking para conversar. Era incomum encontrá-la em casa, pois quase sempre ela estava na rua resolvendo alguma coisa. Elas se cumprimentaram com um abraço e Moon Walking a convidou para entrar e tomar um chá gelado.

- Eu adoraria um chá gelado agora! - Angelica disse.

Ela esperou até que Moon Walking levasse os dois copos até a sala da frente e se sentasse para que ela a atualizasse sobre o acordo dos imóveis e sobre precisar dos empreiteiros nativos.

Moon Walking assentiu com a cabeça.

- Eu estava conversando com o Standing Elk ontem e ele disse que a construção está devagar no momento. Eu disse a ele para não se preocupar porque logo haveria mais trabalho e ele me pareceu mais tranquilo.

- Ele é parente do Laughing Elk? - Angelica perguntou.

- Sim, é tio dele e Laughing Elk trabalha para ele.

- Laughing Elk foi quem chamou a minha atenção para o problema que a Rose estava passando. Ele estava tentando ajudar ela e seus filhos. Acho que ele se sente próximo do filho dela.

- É bom que os dois se ajudem. Laughing Elk está sentindo falta do filho desde que ele foi para a universidade, e Cole sente falta do pai.

Angelica assentiu com a cabeça concordando.

- Eu preciso ir para casa para começar a fazer o jantar. - Angelica disse - Vejo você no sábado. Você vai ao casamento conosco, não vai?

- Sim, obrigada! Ficarei feliz pela carona.

Angelica deu um abraço em Moon Walking e disse:

- Estou feliz que você vai ser minha avó. Eu sempre senti como se você fosse da família. - Angelica deu um outro abraço em Moon Walking e começou a sair.

Moon Walking estendeu a mão e pegou a mão de Angelica.

- Little Flower, eu conheço você desde que você era um bebê, e você sempre será muito importante para mim e para minha família. Fico feliz que você e meu neto estejam oficializando a união de vocês. - Moon Walking a abraçou e ficou observando ela se afastar.

Assim que Angelica chegou em casa, ela tomou banho e foi ver o que tinha para o jantar. Ela estava começando a olhar quando a campainha tocou. Angelica fechou a porta da geladeira e foi atender a porta.

Quando Angelica abriu a porta, Alex se inclinou e a beijou rapidamente porque suas mãos estavam cheias de embalagens de comida.

- O que é tudo isso?- Angelica perguntou com um sorriso.

- É o nosso jantar! Eu não queria sair para comer e não quero passar o tempo vendo você cozinhar. Você é linda quando está cozinhando, mas eu tenho outras coisas em mente para esta noite. Quero ter você em meus braços agora, então vamos para a sala de jantar.

Angelica riu alegremente e se virou para ir para a sala de jantar e Alex a seguiu de perto. Ele empilhou as caixas na mesa e virou-se para ela. Ele a abraçou e a cumprimentou adequadamente dessa vez:

- Oi amor! - ele disse com ela ainda em seus braços.

- Eu gosto da forma como você me diz "oi". Que tipo de comida você trouxe? Estou faminta e o cheiro está ótimo!

- Eu trouxe comida chinesa, espero que goste. Eu deveria ter te ligado antes e perguntado, mas eu estava passando pelo local e parei por impulso.

- Se o gosto for tão bom quanto o cheiro, então eu vou adorar!

Angelica pegou os pratos e os garfos. Enquanto Alex colocava a comida nos pratos, ela levou uma jarra de chá gelado e dois copos para a mesa. Eles então se sentaram e começaram a comer.

- Hmmm, isso é bom! Você pode comprar comida por impulso para mim sempre. - ela sorriu de forma amorosa para Alex e continuou a apreciar sua refeição.

Depois que eles terminaram de comer e de guardar as sobras, Alex puxou Angelica para os seus braços.

- Agora eu quero um "oi" apropriado! - ele disse e começou a beijá-la apaixonadamente e ela cooperou totalmente.

Quando eles finalmente se afastaram um pouco para recobrarem o fôlego, ela deitou o rosto em seu peito.

- Olá! Você quer sair e bater na porta novamente para assim podermos nos cumprimentar da forma apropriada?

Alex riu.

- Por que nós não nos cumprimentamos de novo sem que eu te solte?

- Ok. - Angelica concordou e eles passaram os próximos minutos se cumprimentando de forma apaixonada.

Quando eles pararam para respirar, Alex a levou para o sofá. Após se sentarem, ele olhou nos olhos dela e perguntou:

- Quando podemos nos casar?

- Eu não sei. Neste final de semana nós temos o casamento da Valerie e do Marcus. Nós vamos nos casar na reserva ou na igreja?

- O que você quiser ou ambos se você preferir. Derrick Bear é um ministro ordenado e um juiz de paz. Portanto, se quisermos que a nossa cerimônia seja na reserva, podemos levá-lo para presidir e será legal nas duas culturas.

- Isso me parece maravilhoso! Que tal duas semanas a partir de sábado? Podemos falar com o Derrick para nos certificar de que não vá haver nenhuma divergência. Podemos tirar folga para a lua de mel e assim eu terei tempo para colocar o meu projeto para funcionar. E também preciso comprar um vestido. - Angelica fez uma pausa para respirar.

- Começarei os preparativos pela manhã. Mal posso esperar para ficarmos juntos. - Alex disse.

- Aonde vamos morar?

- Eu pensei em morarmos aqui. Podemos colocar a minha casa à venda ou deixar alguém que precise morar nela sem pagar aluguel. A pessoa teria apenas que pagar pelos serviços públicos e eu poderia ficar de olho no imóvel.

- Oh Alex, que ideia maravilhosa! Eu sei que os estagiários têm dificuldades em encontrar um lugar para morar quando começam, e ela fica perto do hospital, mas nós morando aqui você levaria mais tempo para ir e voltar do trabalho.

- Contanto que você esteja aqui me esperando, eu não me importo com a distância. Eu te amo e mal posso esperar para que você seja a minha esposa.

Demorou um pouco para que eles voltassem a conversar.

Sábado amanheceu lindo e Alex e Angelica passaram para pegar Moon Walking e juntos, eles foram para a igreja.

- Olá Moon Walking. Tudo bem?

- Olá Little Flower, eu estou bem. Estou ansiosa pela união de vocês dois. Vocês precisam de alguma ajuda para se prepararem?

- Eu adoraria a sua ajuda! Afinal, você é a minha vó agora!

Moon Walking sorriu satisfeita, e Alex e Angelica sorriram um para o outro enquanto suas mãos se encontravam.

Eles entraram na igreja e foram levados até os seus lugares. Já havia muitas pessoas lá e Angelica sorriu e acenou com a cabeça para quem ela conhecia. Havia um grupo de pessoas que ela não conhecia. Ela viu a mãe de Marcus no grupo e então achou que eles eram amigos e familiares dele.

Eles se sentaram e esperaram o casamento começar. O padre apareceu no altar e em seguida Marcus e seu padrinho entraram e se posicionaram ao lado dele. A música começou e eles se viraram para ver Cindy caminhar em direção ao altar. Havia outra dama de honra sendo acompanhada por um padrinho. A música mudou e então Valerie apareceu acompanhada pelo pai. Todos ficaram em pé enquanto a radiante noiva era levada até o altar. Frank beijou a bochecha da filha, entregou a mão dela ao noivo e então foi se sentar ao lado de Melanie.

O padre fez os votos e obteu as respostas apropriadas de Valerie e Marcus. Logo terminou e o casal confirmou seus votos com um beijo. O padre os apresentou como senhor e Senhora Marcus Drake. Todos ficaram em pé enquanto Marcus e Valerie caminhavam pela igreja. Eles foram seguidos por Cindy, pelo padrinho, pela dama de honra e seu acompanhante, e então todo mundo os seguiu. Eles chegaram do lado de fora para ver Valerie e Marcus saírem em uma limusine para ir até o clube de campo para a festa e então, todos eles entraram em seus carros e os seguiram.

No clube de campo, eles foram apresentados às famílias Gray e Jenkins. Descobriu-se que a dama de honra de Valerie era Malinda Gray e seu acompanhante era seu marido Daniel. Valerie e Mallie se tornaram amigas.

Valerie e Mallie, cada uma com seus maridos a tiracolo, foram falar com Moon Walking. Valerie agradeceu por ela ter comparecido e a abraçou. Valerie virou-se para Marcus e perguntou:

- Por que vocês não esperam aqui com o Alex enquanto nós mulheres procuramos o banheiro feminino?

Depois de receber um aceno de cabeça dos homens, Valerie liderou o caminho até o banheiro.

As meninas foram para a frente dos espelhos e começaram a checar a maquiagem e Moon Walking sentou-se no sofá grande.

- Foi um casamento lindo! - Angelica comentou.

- Sim. - Moon Walking concordou - As coisas são como deveriam ser. Todas vocês estão unidas com os seus predestinados.

- Sim! - Mallie concordou - A maioria das pessoas não acredita que eu e Daniel nos conhecemos enquanto estávamos em coma.

- Eu sei. - Valerie concordou - Muitos pensam que estou brincando quando conto que eu e Marcus nos conhecemos em um sonho.

- Bom, - Angelica disse - e eu tenho uma história ainda mais estranha. Eu fui enviada vinte anos no futuro para estar com o meu amor.

- Todas vocês têm muita sorte. O universo colocou vocês junto de seus companheiros. Sejam sempre gratas pela intervenção do destino. - Moon Walking disse.

- Somos muito gratas! - as três concordaram e sorriram para Moon Walking.

- É melhor voltarmos antes que três homens impacientes venham nos procurar! - Mallie disse.

Elas caminharam em direção à porta e as três pararam e sorriram. Ali, junto à parede estavam Marcus, Daniel e Alex e cada uma delas foi para os braços de seus parceiros. Olhando nos olhos um do outro, eles se beijaram.

- É como deveria ser. - Moon Walking disse - É tempo de amar.

Fim

SOBRE A AUTORA

Com cinco filhos, dez netos e seis bisnetos, eu tenho uma vida muito ocupada, mas ler e escrever sempre foi uma parte muito significativa e agradável da minha vida. Eu escrevo desde muito jovem. Mantive escondidos meus cadernos com as minhas histórias e não as mostrava para ninguém. Todas elas foram escritas à mão porque eu não sabia digitar. Morávamos no campo e eu só tinha tempo para escrever à noite, pois durante o dia eu estava ocupada ajudando meus irmãos e irmãs. Eu também ajudava minha mãe no jardim e a fazer conservas para nossa família. Mesmo cansada, eu ainda dava um jeito de colocar meus pensamentos no papel à noite.

Quando me casei e comecei minha família, eu continuei escrevendo minhas histórias enquanto ajudava meus filhos na escola e com suas próprias vidas e famílias. Minha irmã foi a única pessoa a ler minhas histórias e foi muito encorajadora. Quando minha filha mais nova começou a faculdade, eu decidi que deveria começar também. Como fazia pouco tempo que tinha recebido o meu GED (General Equivalency Diploma), eu só precisei fazer uma aula para passar nos testes de admissão da faculdade. Passei com notas altas e até consegui uma bolsa parcial. Tive aulas de informática para aprender a digitar, e as aulas de inglês e literatura ajudaram a melhorar minhas histórias.

Descobri que falar em público não era para mim. Eu me sinto muito mais confortável com a palavra escrita, mas pesquisar e escrever os discursos foi útil, pois eu pude usar esse conhecimento para escrever e ainda consegui dar um toque pessoal nos trabalhos da faculdade.

Terminei a faculdade com um grau de associado e com um GPA final de 3.4. Ganhei vários prêmios como President's List, Dean's List e Faculty List. A experiência na faculdade me ajudou a ganhar mais confiança na minha escrita. Quero agradecer a minha professora de inglês por me dar mais confiança me dizendo que eu tinha uma boa imaginação e que eu escrevia histórias interessantes. Minha filha que é uma escritora muito boa com livros publicados, me convenceu a publicar algumas das minhas histórias. Ela mesma as publicou para mim e eu fiquei muito orgulhosa a primeira vez em que segurei um dos meus livros e vi o meu nome na capa. Eles foram muito bem recebidos sendo de grande incentivo para me convencer a continuar escrevendo e publicando, e desde então venho construindo minha biblioteca de livros escritos por mim. Também escrevi e ilustrei vários livros infantis.

Ser capaz de digitar minhas histórias abriu as portas para um mundo totalmente novo. O acesso a um computador me ajudou a pesquisar tudo o que eu precisava saber ampliando minha capacidade para continuar escrevendo meus livros. Entrar no Facebook e fazer amigos do mundo todo aumentou consideravelmente minhas perspectivas. Conheci muitos estilos de vida diferentes e os incorporei em minhas ideias.

Ouvi um ditado que diz: "Cuidado com o que diz e não enlouqueça o escritor, pois pode acabar com um livro sendo eliminado", e é verdade. Tudo na vida existe para estimular sua imaginação, e é divertido sentar e pensar em como uma ideia pode ser alterada para desenvolver uma história e assisti-la se desenrolando e ganhando vida em sua mente. Quando começo, as histórias praticamente se escrevem sozinhas e eu só tenho que entender e raciocinar antes que acabem.

Eu amo saber que as histórias que escrevi estão sendo lidas e apreciadas por outras pessoas. É inspirador olhar para os livros e saber que foram escritos por mim.

Espero continuar ainda por muitos anos publicando minhas histórias e que as pessoas que estão lendo meus livros fiquem ansiosas para continuar a fazê-lo.

Caro leitor,

Esperamos que você tenha gostado de ler *Tempo De Amar*. Reserve um momento para deixar uma crítica, mesmo que curta. A sua opinião é importante para nós.

Atenciosamente,

Betty McLain e Next Chapter Team

Tempo De Amar
ISBN: 978-4-82411-945-2

Publicado por
Next Chapter
1-60-20 Minami-Otsuka
170-0005 Toshima-Ku, Tokyo
+818035793528

8 dezembro 2021